# DANIEL

## TRAGÉDIE EN CINQ ACTES

### PAR M. CHARLES LAFONT,

Représentée pour la première fois, à Paris, sur le Théâtre de la République (Théâtre-Français) le 25 Décembre 1848.

| PERSONNAGES. | | ACTEURS. |
|---|---|---|
| NABUCODONOSOR, roi de Babylone..................... | | M. BEAUVALLET. |
| AMESTRIS, reine................................. | | M<sup>lle</sup> RIMBLOT. |
| OXATHRÈS, frère du roi.......................... | | MM. BOUCHET. |
| THARÈS, officier du palais..................... | | CHÉRY. |
| LE CHEF DES MAGES............................. | | FONTA. |
| DANIEL, prophète juif, emmené en captivité...... | | MAILLART. |
| SAPHIRA, fille juive également emmenée en captivité, attachée à la reine. | | M<sup>lle</sup> FAVART. |
| BENASSAR, autre captif employé au palais......... | | M. ROBERT. |
| UN ESCLAVE arabe.............................. | | M. MAUBANT. |
| UNE JEUNE FILLE.............................. | | M<sup>lle</sup> WORMS. |
| UN VIEILLARD................................. | | M. MAINVIELLE. |
| UN MAGE..................................... | | M. RAPHAEL FÉLIX. |
| PRINCES, MAGES, OFFICIERS, PEUPLE, ESCLAVES, etc..... | | |

*La scène est à Babylone.*

## ACTE PREMIER.

Une salle dans le palais du roi.

### SCENE PREMIERE.

*(Au lever du rideau le jour n'est pas encore venu.)*
*LE ROI est en scène, OXATHRÈS, entre par le fond.)*

OXATHRÈS,

Mon frère, me voici ; quel intérêt si grave
Vous fait avant le jour demander votre esclave ?
Quels desseins, quels dangers tiennent vos yeux ouverts
Et troublent le repos du roi de l'Univers ?
Las des honneurs du trône et du calme où vous êtes
Méditez-vous déjà de nouvelles conquêtes ?
Auriez-vous découvert par un heureux secours,
Quelque noir attentat tramé contre vos jours ?
Vous vous taisez ?.. Des pleurs mouillent votre œil farou- [che;
Des sanglots étouffés font frémir votre bouche;
Daignez me rassurer; quels que soient ses secrets
Le roi ne doute pas de la foi d'Oxathrès.
Dans ce cœur éperdu, que mes yeux puissent lire ?...

LE ROI.

O vanités du trône ! O néant de l'empire !
Fruits qui tentez l'orgueil des mortels imprudents,
Pleins d'éclat au dehors, pleins de cendre au dedans !
Moi, le roi, le vainqueur des races étonnées,
Qui vois les nations devant moi prosternées,
Baiser l'herbe sacrée ou s'imprime en courant
Le pied de mon cheval, plus prompt que le torrent ;
Moi, dont les fortes mains ont démoli sans crainte
Tyr et Jérusalem, l'imprenable et la sainte ;
Et dont l'image enfin reçoit sur les hauts lieux
L'encens et les honneurs réservés pour les dieux ;
Vœux changeants de mon cœur ! Biens nouveaux où [j'aspire !
Je donnerais mon nom, mes trésors, mon empire,
L'empire le plus beau qu'éclaire le soleil,
Pour une seule nuit de paisible sommeil !

OXATHRÈS.

Seigneur, que dites-vous ? Ciel ! quel discours étrange !

LE ROI.

Que ne suis-je un pêcheur de l'Euphrate ou du Gange !
Que ne puis-je borner mes soucis, mes travaux,
A déployer, le soir, mes filets sur les flots !
Libre, les yeux perdus dans l'immense nature,
Je laisserais ma barque aller à l'aventure ;
A mon retour, un seuil plein d'ombre et de fraîcheur
Caché parmi les joncs, s'ouvrirait au pêcheur ;
Et je retrouverais sous l'épaisse feuillée



1849

# DANIEL ,

Mes enfants eudormis et leur mère éveillée...
Je vivrais pour eux seuls, pauvre, obscur, enfermé...
Nul ne saurait mon nom, mais je serais aimé !...

OXATHRÈS.

A quels bizarres vœux votre esprit s'abandonne !
Qui, vous, le roi sacré que la crainte environne,
Vous , à qui Babylone a dressé des autels,
Vous envieriez le sort du plus vil des mortels !
J'ai cru jusqu'à ce jour, et tout porte à le croire,
Que votre bonheur seul égalait votre gloire,
Et jamais sur le trône on ne fut avant vous,
Plus heureux comme père, et surtout comme époux.

LE ROI.

Et si de mon destin maudissant l'injustice,
Dans ces liens si chers je trouvais mon supplice?

OXATHRÈS.

Comment, Seigneur !

LE ROI.

Écoute et me laisse épancher
Des secrets que mon cœur est las de te cacher.
Le jour est près de nous où le roi qu'elle encense
Rentra dans Babylone après trois ans d'absence ;
L'éclat de mon triomphe éblouit tous les yeux :
Dix rois captifs suivaient mon char victorieux,
Et pâles, l'œil humide, et les mains suppliantes
Rassemblaient autour d'eux leurs familles tremblantes,
Tandis que le vil peuple, insultant à leurs pleurs,
Leur jetait de la boue et m'envoyait des fleurs...
Pour moi, d'un air distrait, j'accueillais les hommages:
Retenu par le peuple et les grands et les mages,
Mes vœux impatients hâtaient l'instant joyeux
Où la Reine et mon fils paraîtraient à mes yeux,
Et d'un bonheur réel caressant l'espérance,
J'assistais à ma gloire avec indifférence.
Enfin je vis la Reine ; Ah ! jamais, je le sens,
Un amour aussi vif n'avait brûlé mes sens;
La céleste beauté dont les Dieux l'ont pourvue,
Jamais d'un tel éclat n'avait frappé ma vue...
Je courus... quel accueil et quel étonnement !...
Nulle joie, Oxathrès, et nul épanchement !
Dans ses embrassements, accordés par la crainte
Mon amour offensé reconnut la contrainte :
Un je ne sais quel trouble agitait ses esprits:
Et je la vis frémir en m'amenant mon fils !...

OXATHRÈS.

Votre esclave ose-t-il expliquer cette gêne :
Peut-il avec un mot justifier la Reine?
Votre amour, en partant, avait mis dans ses mains
Les rênes de l'empire et le sort des humains.
Amestris, fille et sœur des rois de la Médie,
Est d'un sang qui répugne à toute perfidie ;
Mais quoiqu'on obéisse à la loi du devoir,
Quitte-t-on sans regret le souverain pouvoir ?...
Sur cette vieille terre, en prodiges féconde,
Des femmes ont déjà donné des lois au monde ;
N'est-ce pas dans ces murs, à vos ordres soumis,
Qu'à la mort de Ninus régna Sémiramis ?...

LE ROI.

Ah! quel rapport on offre à ma douleur mortelle...

Ainsi donc, mon retour fut un malheur pour elle !
Ainsi quand triomphant de vingt rois éperdus
J'asservissais l'Oronte et le Nil et l'Indus ;
Las de voir tous ces rois m'abandonner la terre,
Quand j'allais jusqu'au ciel chercher un adversaire,
Et dans Jérusalem réduite avec effort
Humilier un Dieu qu'on nous disait si fort ;
Celle à qui dans mon cœur j'offrais tant de conquêtes
Ne désirait pour moi que honte et que défaites,
Injuriait le sort qui m'avait conservé
Et demandait ma perte au Dieu que j'ai bravé !

OXATHRÈS.

Vous pourriez?...

LE ROI.

C'est ainsi... souffre que je respire.
Hélas! tu ne sais pas ce qui me reste à dire !
Juge si mes transports sont près de s'appaiser
Et si je suis ici le seul à l'accuser !
De mon profond ennui je voulus me distraire :
Suivi du seul Tharès, un soir, avec mystère,
Je sors de ce palais, si fatal à mes vœux,
Pour visiter mon peuple et pour voir par mes yeux.
Je marche vers l'Euphrate ; assez près de la rive,
Un batelier passait, je l'appelle, il arrive :
Nous partons... mes regards erraient avec fierté
Des digues au palais, du fleuve à la cité,
Monuments éternels où ma gloire est fixée,
Et cette grande image exaltait ma pensée !...
Vain orgueil que j'allais chèrement expier...
En revenant à moi, je vis le batelier :
Son front tout ruisselant, se courbait sur la rame ;
Mais ses yeux m'observaient pleins d'une étrange flam-
« Repose-toi, lui dis-je, en arrêtant son bras,      [me.
« Te plains-tu de ton sort? — Et qui ne se plaint pas?
« Faible ou fort, à chacun ses travaux, ses misères :
« Nous sommes tous mandits dans le flanc de nos mères.
« Proscrit de race en race, et dans sa fleur brûlé,
« L'homme naît, souffre et meurt sans être consolé.
— « N'est-il point de mortels exempts de ces entraves?..
— « Aucuns; les nations sont des troupeaux d'esclaves;
« Les grands pèsent sur nous, mais par la même loi.
« Je les vois à leur tour, écrasés par le roi...
« Il dévore, à loisir, tout le fruit de leurs crimes, »
« Et désigne au boucher les plus grasses victimes. »
— « Le roi de Babylone est donc bien détesté ?
— « Moi, je ne le hais plus ; les dieux l'ont visité.
— « Quel revers l'a surpris? Quel souci le dévore?...
— « Est-il dans tout son peuple un enfant qui l'ignore?..
— « Comment ? — Je l'écoutais et je croyais rêver....
Alors... puis-je le dire?.. Oui, je veux achever...
« Que sert d'être un vainqueur adoré de la terre?...
« La Reine a sur son trône introduit l'adultère ;
« Et le fils d'un esclave, en secret protégé,
» Doit régner après lui sur l'univers vengé!.. »

OXATHRÈS.

Misérable! et la mort , mais la mort la plus prompte,
Ne l'a pas à vos pieds...

LE ROI.

Non. Que veux-tu? la honte,

La rage, je ne sais quels vertiges puissants
M'ont ravi tout à coup l'usage de mes sens ;
Et quand j'ai pu songer à punir le perfide,
J'étais dans mon palais, seul, écrasé, stupide.
Depuis, je me suis fait, afin de me guérir,
Tous les raisonnements que tu pourrais m'offrir...
Cet homme a blasphémé : que dis-je ? Il n'est peut-être
Que le vil instrument employé par un traître :
N'importe : Ma blessure a reçu le venin ;
Pour la cicatriser tout effort serait vain...
A mon repos, d'ailleurs, les dieux mêmes s'opposent ;
Je suis épouvanté des rêves qu'ils m'imposent.
Oxathrès, je t'ai dit mes jours chargés d'ennuis ;
Si je t'initiais au secret de mes nuits !
Contre une vision, dont j'ai l'âme obsédée,
J'ai cherché le secours des anciens de Chaldée ;
Ils savent quelle image a troublé mon sommeil,
Et j'attends leur réponse au lever du soleil.
Cependant Amestris, justement alarmée,
Cherche à lire en mon âme à ses regards fermée ;
Je la vois observer, en cachant sa frayeur,
De mon front menaçant la sévère pâleur ;
Ses yeux roulent des pleurs quand je m'approche d'elle ;
Elle affecte les soins d'une épouse fidèle.
Ah ! quoique ma colère y trouve de raisons,
Je ne puis l'immoler sur de simples soupçons !
Tout me retient : son sang, sa beauté, sa jeunesse ;
Et ma faiblesse, enfin... avant tout, ma faiblesse !
Mais si d'un attentat impossible, odieux,
Une preuve, une seule, arrivait à mes yeux,
Tu me verrais, vainqueur d'un amour qui m'opprime,
Inventer un supplice aussi grand que le crime ;
Ma vengeance effraierait l'univers étonné,
Le bruit de mon injure en serait dominé ;
Et quand d'un flot de sang je l'aurais assouvie,
Fuyant mes souvenirs, fatigué de la vie,
J'irais, j'irais chercher loin de ces bords cruels
Une mort sans honneur, un tombeau sans autels.

OXATHRÈS.

On vient... contraignez-vous. Les augures, les mages,
A vos genoux sacrés apportent leurs hommages.

LE ROI.

Ah ! garde les secrets échappés devant toi ;
Cachons l'homme à leurs yeux, ne montrons que le roi.

* * *

## SCENE II.

LE ROI, OXATHRÈS, LES MAGES ; *puis* LA REINE,
SAPHIRA, *et les autres filles de la Reine.*

LE ROI.

Gardiens du feu sacré, favoris du grand astre,
Interprètes savants des lois de Zoroastre,
Vous, l'appui de vos rois, leurs juges, leur conseil ;
Votre parole éclaire ainsi que le soleil,
Et des plus sombres nuits, vos yeux perçant les voiles,
Lisent notre avenir sur le front des étoiles.
Cette nuit, dans le ciel qu'avez-vous remarqué ?..
Le rêve que j'ai fait vous est il expliqué ?

LE CHEF DES MAGES.

Roi, que ta volonté soit à jamais bénie :
Que ta porte se ferme à tout mauvais génie !
J'ai, moi-même, docile à tes ordres puissants,
Allumé sur l'autel l'aloës et l'encens.
Je les poussais en haut d'une ardente prière ;
Mais la flamme obstinée a rampé sur la pierre.
Sur la tour colossale, orgueil des fils de Bél,
Nous avons, cette nuit, interrogé le ciel ;
Ton astre, détaché de la sublime voûte,
A fui dans des flots d'or qu'il semait sur sa route.
Quelque chose de grand, de fatal, d'inouï,
S'est dérobé dans l'ombre à notre œil ébloui.
Enfin, c'est un danger que notre voix t'annonce.
Quant à la vision, nous sommes sans réponse,
Et notre esprit confus, dans ce rêve odieux,
N'a pu trouver encor l'intention des dieux.

LE ROI.

Ainsi donc, sous mes pas un abîme se creuse ;
Mais quelle main conduit cette œuvre ténébreuse ?
Madame, savez-vous qui je dois redouter ?

LA REINE.

Seigneur, quel ennemi peut vous inquiéter ?
Qui braverait la foudre à vos pieds maintenue ?
De quoi l'aigle a-t-il peur quand son vol fend la nue ?
Un songe inexplicable a troublé vos esprits ;
Pourquoi s'en alarmer tant qu'il n'est pas compris ?
Je vois avec regret que les savants, les sages
N'en peuvent éclaircir les sinistres présages ;
Puis-je vous proposer d'écouter à son tour
Un jeune prisonnier sans nom à votre cour ?
C'est un juif ; un des fils de ces tribus proscrites
Que votre bras vainqueur dans nos murs a conduites ;
Peuple mystérieux, à tous les vents poussé,
Autrefois triomphant, aujourd'hui dispersé.
Ce juif a crû dans l'ombre et dans l'ignominie ;
Où n'est point le malheur, là n'est point le génie ;
Et c'est au front de ceux qu'ici-bas on flétrit,
Que les dieux font briller leur force et leur esprit.
Daignez le consulter ; toute sa race atteste
Que le ciel a béni sa jeunesse modeste ;
Et sa voix qui jamais ne prophétise en vain,
Passe chez les captifs pour un écho divin.

LE CHEF DES MAGES.

Reine, un même intérêt nous guide et nous inspire,
L'honneur de ton époux, l'honneur de cet empire.
Je voudrais que ce juif pût calmer notre effroi,
Et pénétrer le sens des visions du Roi !
Mais j'admets que son Dieu lui prête sa science,
Quel titre a ce Dieu même à notre confiance ?
Le temps, le temps n'est plus que son nom trop vanté,
Imprimait le respect au monde épouvanté.
Assur, contre ton prince a-t-il pu se défendre ?
Non, son peuple est captif, ses autels sont en cendre.
Les neveux de David cachent leur front souillé ;
Et sur la place même où son temple a brillé
Pour insulter sans cesse à sa gloire abattue
Du Roi qui l'a vaincu s'élève la statue.

Reine, après tant d'affronts, convient-il qu'aujourd'hui,
Les dieux des Chaldéens s'abaissent devant lui?
LE ROI.
Celui qui seul, perdu dans une nuit profonde,
Marche incertain, au bruit d'un orage qui gronde,
Pour arriver au but qui s'éloigne toujours,
De la main la plus vile accepte le secours.
Consultons l'ignorance où la sagesse est vaine,
Cet esclave est-il là? je consens qu'on l'amène.
LA REINE.
Avant le point du jour, par mes soins prévenu,
Aux portes du palais, Daniel est venu.
LE ROI, à un officier.
Vous entendez? Qu'on ouvre aux princes d'Assyrie;
Qu'on fasse entrer ce juif. —
(Il s'assied; la Reine, Oxathrès et les mages l'envi-<br>ronnent.)
SAPHIRA, à part.
                    O Dieu de ma patrie!
Toi qui pour les punir d'un parjure odieux
As livré tes enfants aux enfants des faux dieux;
Tu nous devais sans doute un châtiment sévère;
Mais tu vois aujourd'hui l'effet de ta colère,
Et comme nos vainqueurs, dans leur aveuglement,
Insultent au pouvoir dont ils sont l'instrument;
Seigneur, de ces méchants, confonds l'orgueil farou-
Marche avec Daniel et parle par sa bouche;        [che;
Donne-lui sur ce roi qui blasphème ton nom,
Le crédit que Joseph obtint sur Pharaon!
(La cour entre, puis Daniel.)

SCÈNE III.

LE ROI, LA REINE, OXATHRÈS, SAPHIRA, THARÈS,<br>DANIEL, LES MAGES, LA COUR.
OXATHRÈS, à Daniel.
Baisse les yeux, approche et parle avec prudence.
Le roi, maître des rois, t'admet en sa présence;
Un songe l'inquiète... Esclave, un libre aveu...
Peux-tu l'interpréter?
DANIEL.
                    Oui... s'il plaît à mon Dieu.
LE CHEF DES MAGES.
Tu ne diras donc rien que ce Dieu ne t'inspire?
DANIEL.
S'il ne descend en moi, que pourrais-je vous dire?
Quand il parle, j'entends; quand il brille, je vois;
Lui seul m'ôte ou me donne et les yeux et la voix.
LE ROI.
Voici ce que j'ai vu: du milieu de la terre,
Un arbre s'est dressé superbe et solitaire;
Son ombre allait au pôle en couvrant l'équateur;
Son front du dernier ciel atteignait la hauteur,
Tandis que sa racine étendue et profonde,
Tordait ses mille nœuds sur le noyau du monde.
Sur ses rameaux couverts de feuillage et de fruits
Tous les oiseaux du ciel avaient bâti leurs nids;
Et les enfants de l'homme, et toute créature

Sous son abri fécond trouvaient leur nourriture
Alors un des veillants fit entendre sa voix:
« Coupez l'arbre à son pied; faites sécher son bois;
« Que tout fruit y pourrisse, et toute feuille en tombe;
« Qu'il règne autour de lui comme un vent de la
                                        [tombe.
« Que les oiseaux et l'homme, et tous les animaux
« Insultent à sa chute en brisant ses rameaux.
« Épargnez cependant sa tige et sa racine;
« Mais qu'il perde son cœur, son essence divine,
« Et qu'il soit retenu par des liens puissants
« Au niveau de la brute et de l'herbe des champs. »
LA REINE.
Juste ciel!
LE ROI.
        A ces mots, l'arbre tomba par terre,
Comme un homme frappé par un coup de tonnerre.
Une chaîne d'airain l'entoura de ses nœuds;
Et la voix qui sortait d'un orbe lumineux:
« Tu joncheras le sol de ta ramure altière,
« Et je l'inonderai du flot de ma colère,
« Pour que tous les vivants m'adorant dans leur cœur,
« Sachent quel est l'esclave et quel est le vainqueur. »
DANIEL, il est resté quelques instants pensif, les yeux<br>levés au ciel.
Roi, Reine, Chaldéens, princes de cet empire,
Écoutez et croyez... car l'esprit saint m'inspire;
Rois d'Égypte et de Tyr, chantez dans le cercueil;
Debout, roi d'Isrël! Dieu va venger ton deuil.
Ah! sur son piédestal l'idole est donc brisée!..
Des filles de son peuple il est donc la risée,
Ce roi rival des dieux et terreur des mortels,
Qui mécontent d'un trône, exigeait des autels!
Veuves des nations, vous voilà satisfaites!
Rois, où donc est le pied qu'il posait sur vos têtes?
Sur ce géant d'orgueil, Dieu n'a fait que souffler,
Et la terre respire en le voyant crouler.
Jérusalem, j'ai vu ton destructeur sauvage
Du temple incendié présider le pillage:
Je l'ai vu partager et compter de sa main
Tes fils traités par lui comme un bétail humain;
Il ne reste en tes murs dévorés par les flammes
Qu'un prophète qui pleure avec de pauvres femmes;
Eh bien! console-toi, Reine, qui n'es plus rien,
Je connais un malheur aussi grand que le tien!
OXATHRÈS.
O Roi, souffrirez-vous cet excès d'insolence?
LE ROI.
Qui donc, quand je me tais, a rompu le silence?
DANIEL.
Cet arbre merveilleux, si splendide et si fort,
C'est toi-même, ô monarque; il figure ton sort!
Ton front comme le sien disparaît dans la nue,
Et toute nation sous ton ombre est venue;
Le monde t'appartient; mais de même, ô grand Roi!
Que l'arbre de ton rêve est tombé devant toi,
Ainsi jonchant le sol de ton débris immense,
Tu vas payer à Dieu le prix de ta puissance!

Tremble ! ton fol orgueil a voulu l'abaisser ;
Pour rétablir sa gloire, il va te renverser.
Ta race ne doit pas périr dans ta ruine ;
Tu vois, l'arbre est tranché, mais non pas la racine ;
Et quant au châtiment que la voix t'a promis,
Tu crois que c'est la mort ? Non, écoute et frémis.
Tu vivras ; mais pareil à la brute stupide,
Qui marche dans sa voie, au hasard et sans guide ;
Tu vivras, mais privé de ce flambeau divin
Dont le rayon caché brûle dans notre sein,
Étincelle sublime, âme et clé de notre être,
Qui rend l'homme semblable au Dieu qui l'a fait naître.
Tu vivras ; mais déchu, faible, seul, plein d'effroi,
Dépouillé du nom d'homme et du titre de roi ;
Morne, et portant au cou comme un lion qu'on traîne
De tes iniquités la lourde et longue chaîne.
Enseignement terrible ! exemple solennel !
Jusqu'au jour où touché d'un trait venu du ciel
Aux yeux de tout un peuple instruit par ta défaite,
Tu rendras gloire au Dieu dont je suis le prophète,
Et mettant à ses pieds ton sceptre et tes exploits,
Avoueras que lui seul fait et défait les rois !

LE ROI.

Voilà donc l'avenir qu'un Dieu vaincu m'annonce ?

DANIEL.

Le Dieu toujours vainqueur a dicté ma réponse.
Tu peux te racheter ; mais les moments sont chers :
Des rois qui t'ont suivi, fais détacher les fers ;
Détruis l'autel impur où brille ton idole ;
Sois la main qui prodigue et la voix qui console...
Surtout, devant mon Dieu, l'humiliant d'abord...

LE ROI.

Ithobal et Tharès, courez à mon trésor ;
Cherchez-y ces trépieds, ces vases magnifiques,
Dont l'amas précieux encombre trois portiques ;
Butin cher à ce Dieu qui croit m'intimider,
Et que mes yeux à peine ont daigné regarder.
Ils brillaient dans son temple et servaient à son culte,
Avant qu'à son pouvoir ce bras eût fait insulte,
Et changé sa demeure aux splendides lambris,
En un monceau fumant de cendres et de débris ;
Allez..., et que ce soir, tous les vins de la Grèce
Dans ces vases sacrés nous versent leur ivresse ;
Nous verrons si ton Dieu n'est vainqueur qu'en parlant,
Et s'il cherche à troubler ce festin insolent.

LA REINE.

Ah ! Seigneur, quel dessein !.. quoi, tant de noirs pré-
                                               [sages.

DANIEL.

Je vous prends à témoin, vous tous, princes et mages,
Dans son œil qui s'égare un feu sinistre a lui,
Et la main du Très-Haut s'étend déjà sur lui.

LE ROI.

Tu ne jouiras pas du moins de mon supplice...
Ta mort le préviendra... Gardes qu'on le saisisse !
    (A Oxathrès.)
Veille à son châtiment.

LA REINE.

    Mais, Seigneur...

LE ROI.

                    Laissez moi...
(Il sort en jetant sur la Reine un regard de fureur.
    La Reine le suit ; on entraîne Daniel ; au moment
    où Oxathrès vu aussi s'éloigner Saphira l'arrête.)

SAPHIRA.

Un mot, de grâce, un mot.

## SCÈNE IV.

### SAPHIRA, OXATHRÈS.

OXATHRÈS.

                    Belle Juive, est-ce toi ?
Qui me vaut ce bonheur ? j'étais loin de l'attendre ;
Et je n'espérais pas un souvenir si tendre.
Je croyais que ton cœur, dégagé de ses nœuds,
Avait pris en horreur ma personne et mes feux ;
Juste effet des remords dont ton âme est remplie,
Et que tu maudissais le passé qui nous lie...
Parle... à ces vains remords aurais-tu renoncé ?

SAPHIRA.

Oxathrès, par pitié, laissons là le passé,
Méprisable à tes yeux ; en horreur à moi-même,
J'aspire à ton oubli ; la mort est ce que j'aime !
Mais cet élu du ciel, ce prophète inspiré...

OXATHRÈS.

Que me demandes-tu ?

SAPHIRA.

                    Sa grâce, et je l'aurai.

OXATHRÈS.

Sa grâce ! Ignores-tu ce que le roi m'ordonne ?

SAPHIRA.

Daniel est sauvé puisqu'il te l'abandonne.
Voyons... dans cette cour pourquoi l'a-t-on produit ?
Que lui demandiez-vous ? La lumière ou la nuit ?
Pourquoi lui raconter le secret de vos songes ?
Interrogez vos dieux s'il vous faut des mensonges.

OXATHRÈS.

Que puis-je te répondre ? un ordre m'est donné,
Qui prononce l'arrêt d'un jeune forcené,
Qui frappe la révolte et punit le blasphème.
Je le suis dévoué comme à mon frère même ;
Mais, quoique de mon sang je reçoive d'appui,
Il faut qu'on obéisse à des rois tels que lui :
Il y va de la vie...

SAPHIRA.

                Et s'il commande un crime ?

OXATHRÈS.

Je regarde le juge et non pas la victime.

SAPHIRA.

Mais c'est trahir les rois que les servir ainsi !
Enfin, tu vois mes pleurs et tu peux tout ici,
Fais partir le prophète, et va dire à ton frère
Qu'on vient d'exécuter l'arrêt de sa colère...
Va, tu seras béni dans ce cœur éperdu...

OXATHRÈS.

Tout se découvrirait et je serais perdu

SAPHIRA.

O ciel ! c'est donc ainsi que ma douleur te touche !

Voilà donc mon pouvoir sur cette âme farouche !
C'est lui, dont le conseil fatal à ma raison,
M'a conduite à la source où j'ai bu le poison ;
Et quand, du fond du gouffre où je suis descendue,
Mains jointes, à genoux, je m'expose à sa vue,
Pourquoi ? pour l'empêcher d'être injuste et cruel,
Pour qu'il sauve l'espoir du tremblant Israël ;
L'espoir de Dieu lui-même ; heureuse en mes misères,
Si je rendais au moins ce service à mes frères ;
Le cruel me refuse, et dans tout ce qu'il dit
Je ne vois que la peur de perdre son crédit ;
Son âme de mes pleurs ne semble pas atteinte ;
Il n'écoute et ne suit qu'un vil instinct de crainte !

      OXATHRÈS, *à lui-même.*
Allons, son désespoir va me l'abandonner.
Le Roi veut une preuve ; il faut la lui donner.
Dans son esprit troublé comme une nuit d'orage,
J'ai porté le désordre ; achevons mon ouvrage.
      (*A Saphira.*)
Ainsi donc de nous deux c'est moi qu'il faut blâmer ;
C'est moi qui t'abandonne et cesse de t'aimer ;
A moi les noms d'ingrat, de parjure, de traître.
Insensible à tes pleurs ? Ah ! si je pouvais l'être !..
Mais je ne puis les voir sans un trouble mortel.
Écoute, je suis prêt à sauver Daniel ;
Je risque ma faveur et mes jours pour te plaire ;
Mais de mon dévouement j'exige le salaire.
         SAPHIRA
Comment ?
         OXATHRÈS.
      Je pars demain. Un caprice du Roi
Loin des murs où tu vis m'entraîne malgré moi.
Saphira, je prétends que ta reconnaissance
M'accorde du bonheur pour un siècle d'absence ;
La grâce que tu veux je puis te l'accorder ; —
Ce soir, dans les jardins, viens me la demander.
         SAPHIRA.
Je t'écoute ; et mon cœur qu'un froid aigu pénètre,
Pour la première fois apprend à te connaître.
Voilà donc à quel prix sauvant un innocent !..
Mais quand j'accepterais ce pacte avilissant,
Ce palais est gardé par une loi sévère ;
Comment m'y dérober, comment te satisfaire ?
         OXATHRÈS.
J'ai prévu cet obstacle ; oui, je sais quelle loi
Régit l'enceinte auguste où réside le roi.
Nulle de vous ne peut quitter cette demeure ;
Mais la reine a le droit d'en sortir à toute heure.
Hé bien ! pour cette fois, la seule, entends-tu bien ?
Accepte un vêtement en tout semblable au sien ;
Je le ferai choisir avec un soin extrême ;
La robe, le manteau, tout, jusqu'au diadème.
Appareil plein de grâce et tu l'aurais porté
Si l'on donnait toujours le sceptre à la beauté !
         SAPHIRA.
Moi, je basarderais...
         OXATHRÈS
      Ah ! c'est trop, le temps passe ;
Et de tous ces mépris à la fin je me lasse.

Un dernier mot : Je veux renouer nos liens ;
Couronne mes désirs ; j'accomplirai les tiens.
C'est souffrir trop longtemps ta froideur ou ta haine.
Tu prendras cette nuit ces vêtements de reine,
Présents que mon amour te contraint d'accepter,
Et qu'un esclave sûr va bientôt te porter.
Des jardins suspendus tu franchiras l'enceinte
Et tu viendras m'attendre au pied du Thérébinthe.
A ces conditions je me laisse attendrir ;
Daniel est sauvé ; sinon il va périr.
Mes ordres sont donnés ; son supplice s'apprête ;
On n'attend plus que moi. Faut-il sortir ?
         SAPHIRA.
               Arrête !
         OXATHRÈS.
Viendras-tu ?
         SAPHIRA.
      Mais, cruel, vois, mes pleurs, mon effroi...
         OXATHRÈS.
Viendras-tu ?
         SAPHIRA.
      Dieu vengeur, qu'exige-t-il de moi ?
Toi qui m'as fait du ciel mériter l'anathème,
Tu crois que je te hais ?.. Détrompe-toi : je t'aime...
Au nom de cet amour vainement combattu,
Epargne-moi...
         OXATHRÈS.
      Je sors, Saphira. Viendras-tu ?
         SAPHIRA.
Daniel !
      (*Après un silence.*)
      A tes vœux je suis prête à souscrire...
Jure-moi par Bélus, auteur de cet empire,
Que Daniel vivra si tu me vois ce soir ?
         OXATHRÈS.
Bélus, tu nous entends... je le jure...
         SAPHIRA.
              Au revoir !
Je tiendrai ma parole, et la tienne est sacrée ;
Merci, mon Dieu ; c'est toi, toi qui m'as inspirée !
Vois si de mon dessein tu dois être touché ;
Sous mon habit royal, un fer sera caché ;
Et pour peu qu'insensible au remords qui m'anime,
Tu prétends encor ressaisir ta victime,
Retiens bien le serment que je fais à mon tour,
La mort me sauvera de ton horrible amour !
Adieu...
         (*Elle sort.*)
      OXATHRÈS, *la regardant aller.*
      Va, faible enfant, qui veux paraître forte ;
Ta haine, ou ton amour, n'est pas ce qui m'importe.
Dans le chemin plein d'ombre où j'entraîne tes pas,
Tu marches vers un but que tu ne connais pas.

         SCÈNE V.
      OXATHRÈS, THARÈS.
         OXATHRÈS.
Hé bien, Tharès, le Roi ?
         THARÈS.
      Son ordre me ramène.

D'abord de sa présence il a banni la Reine,
J'observais à l'écart dans ses yeux pleins d'éclairs
Le flux et le reflux de ses pensers amers.
Il a marché longtemps en gardant le silence.
Enfin, de ses transports domptant la violence :
« Va, Tharès, m'a-t-il dit, et sans perdre un instant,
« Arrache cet esclave à la mort qui l'attend.
« Dis-lui que mon dédain passe encor son audace,
« Et qu'il sache surtont l'effet de sa menace. »
Alors il a rejoint à pas précipités,
Les premiers de l'empire à sa table invités,
Et prenant de mes mains une coupe sacrée,
Relique d'Israël de son trésor tirée,
« Dieu des juifs, a-t-il dit, avec dérision,
« Je fais en ton honneur cette libation ! »

OXATHRÈS.

Bien, Tharès ; qu'il redouble et que de ses mensonges,
L'ivresse trouble encor son cerveau plein de songes.
Qu'elle nous l'abandonne incertain, affaibli ;
Tu peux lui reporter que son ordre est rempli ;
Mais tu te garderas, pour un motif immense,
D'ébruiter ici cet accès de clémence.
A ce juif insolent le supplice était dû ;
Que le glaive sur lui semble encor suspendu.   [trave.
Notre œuvre est mûre, ami, nul soupçon ; plus d'en-
Qu'on m'apprête ce soir des vêtements d'esclave,
Pour entrer et sortir sans être reconnu ;
Roi, l'abîme t'appelle et ton jour est venu !

FIN DU PREMIER ACTE.

✳✳✳✳✳✳✳✳✳✳✳✳✳✳✳✳✳✳✳✳✳✳✳✳✳✳✳✳✳✳✳✳✳✳✳✳✳✳✳✳✳✳✳✳✳✳

# ACTE DEUXIÈME.

Même décoration. Il fait nuit.

### SCENE PREMIERE.

SAPHIRA, *seule. Elle est vêtue comme la Reine.*

Où suis-je ? je me perds dans ce dédale sombre ;
N'importe ; autour de moi, nuit, épaissis ton ombre.
Dérobe à tous les yeux mon trouble et ma douleur ;
Le jour viendra trop tôt dénoncer ma pâleur.
Que dis-je ? à quel espoir mon âme est-elle ouverte ?
Mon crime est divulgué ; ma honte est découverte.
C'en est fait ; le cruel m'implorant à genoux,
Cherchait à m'apaiser par les noms les plus doux,
Et me jurait encore de respecter mes larmes ;
J'ai vu briller soudain des flambeaux et des armes ;
Un bruit de voix, de pas, au loin s'est fait ouïr ;
Le Roi, le Roi lui-même a paru... j'ai pu fuir ;
Mais la lune brillait, surveillante imprévue,
Et sans m'avoir suivie, on m'aura reconnue.
N'entends-je pas déjà ?.. Non, rien ; mon cœur se rompt.
Tombe, bandeau fatal, qui m'as brûlé le front ;
Pourpre, voiles brillants, réservés pour la reine,
Vous me faites horreur ; loin de moi, pompe vaine !
(*Elle se débarrasse du manteau et du diadème. Oxa-
thrès arrive par le fond.*)

### SCENE II.

OXATHRÈS, SAPHIRA.

OXATHRÈS.

Saphira !

SAPHIRA.

Ciel ! fuyons.

OXATHRÈS.

Point d'alarmes, c'est moi.

Le danger est passé.

SAPHIRA.

Qu'est devenu le roi ?

OXATHRÈS.

Jusqu'au bout des jardins il a suivi ma fuite ;

Mais là, ma diligence a trompé sa poursuite.
Un chemin se dérobe où j'étais parvenu,
Et j'ai pu échapper sans qu'il m'ait reconnu.

SAPHIRA.

Mais, moi, moi, malheureux...

OXATHRÈS.

Que ton cœur se rassure...
C'est moi seul qu'il a vu, moi seul, je te le jure.
Moi qu'il voulait connaître ; allons, rentre chez toi,
Et cache à tous les yeux le trouble où je te voi.

SAPHIRA.

Oui, j'essaierai... je vais... la force m'abandonne...

OXATHRÈS.

Il faut nous séparer, prends courage et pardonne.

(*Il sort.*)

### SCÈNE III.

SAPHIRA, *seule.*

Demeure ; encore un mot : Dis-moi si Daniel...
Il ne m'écoute pas ; il me fuit, le cruel...
En quel doute mortel son silence me laisse..
Quoi, me refuse-t-il le prix de ma faiblesse ?
Seul espoir d'Israël, pour qui j'ai tout bravé ;
Daniel, Daniel, ne t'ai-je pas sauvé ?
Mais que vois-je ?..

### SCÈNE IV.

SAPHIRA, DANIEL, BENASSAR, *qui conduit Daniel.*

SAPHIRA.

O prophète !

DANIEL.

Appelle-moi ton frère ;

Je le suis.

SAPHIRA.

Donne-moi ces mains que je révère !

DANIEL.

Ma sœur !

SAPHIRA.

Libre, sauvé !

DANIEL.

Par toi, par ton crédit ;
Ne le conteste pas, Benassar me l'a dit.
J'étais seul, attendant d'une âme satisfaite
Que du Seigneur sur moi la volonté fût faite ;
Benassar à mes yeux s'est présenté soudain.
Exilé comme nous des rives du Jourdain,
Tu sais qu'il a gardé parmi ses nouveaux maîtres,
Une foi toujours pure au Dieu de nos ancêtres.
« Lève-toi, m'a-t-il dit, et suis-moi sans délais ;
« Suis-moi. C'est Saphira qui t'ouvre le palais. »
J'allais l'interroger ; lui, d'un air de mystère,
M'a fait avec le doigt le signe de me taire ;
J'ai confié mon sort à cet ami discret,
Et nous sortions d'ici par un chemin secret.
O ma sœur, j'emportais dans ma fuite imprévue,
Le regret de partir sans t'avoir entrevue,
Sans goûter la douceur d'un moment d'entretien ;
Que béni soit ton cœur ; il a compris le mien.

SAPHIRA.

Fuis, maintenant.

DANIEL.

Sitôt !

SAPHIRA.

Sur-le-champ. Je frissonne.

DANIEL.

Calme-toi.

SAPHIRA.

Benassar, vois s'il ne vient personne.
(A Daniel.)
Tu ne connais donc pas quel péril est sur toi ?
Tu ne sais pas quel ordre avait donné le roi ?

DANIEL.

Non.

SAPHIRA.

Il faut te l'apprendre ; à ce courage austère
Il est temps d'imposer un effroi salutaire ;
Écoute à quel supplice il te livrait demain,
Écoute ; et du désert prends vite le chemin.
Au bout de ce palais, derrière un groupe sombre
De cyprès et de pins qui confondent leur ombre,
Parmi des rochers noirs, à l'aspect menaçant,
Creusé des mains de l'homme, un abîme descend.
Près de ce lieu maudit nul esclave ne passe ;
On le montre de loin en parlant à voix basse ;
Le regard, en plongeant dans ses flancs souterrains,
Y reconnaît d'abord des ossements humains ;
Puis il distingue, au fond de l'horrible retraite,
Des monstres accroupis qui relèvent la tête :
Rois des brutes, tirés de leurs antres hideux
Pour le plaisir de rois aussi féroces qu'eux.
Des troupes de corbeaux planent sur ce repaire ;
Il y règne un silence effrayant, funéraire,
Silence solennel qu'interrompent parfois,
Des cris de désespoir, de lamentables voix.
A ces cris, vain appel d'un malheureux qui souffre,

D'affreux rugissements se mêlent dans le gouffre ;
La terre en est émue et tremble sous vos pieds ;
Il monte à vous un bruit d'os et de chair broyés ;
Et quand, pâle, éperdu, bronchant au moindre ob-
                                        [stacle,
Vous rentrez au palais tout plein d'un tel spectacle,
On vous dit que pour vol ou pour rébellions
On vient d'abandonner un esclave aux lions !
Cette effroyable mort est celle qu'on t'apprête ;
Sauve-toi, Daniel ; sauve notre prophète ;
Fuis, et ne reviens pas avant que les anciens,
Avant que Saphira, ne t'écrivent : Reviens !

DANIEL.

Celui dont l'âme est forte et les vœux légitimes
Marche, sans se troubler, au milieu des abîmes ;
Il ne craint ni le fer, ni les feux dévorants,
Ni la dent des lions, ni les yeux des tyrans.
Ma sœur, Dieu m'accompagne et sa voix me rassure ;
C'est au Roi de trembler, car sa défaite est sûre ;
Et ces murs d'où je sors le verront terrassé
Avant que de mon pas le bruit soit effacé.
Cependant ton récit m'étonne et m'embarrasse ;
Ce n'est donc pas le Roi qui m'accorde ma grâce ?
J'ai cru que c'était lui, qui, touché de tes pleurs...

SAPHIRA.

Non, tu l'as trop blessé ; s'il te revoit, tu meurs.

DANIEL.

Alors, c'est Amestris à qui je dois la vie ?

SAPHIRA.

Hélas ! toute influence à ses vœux est ravie.
Son cœur s'est vainement intéressé pour toi ;
Celui qui t'a sauvé, c'est le frère du roi.
Oui, sa bonté... mes pleurs... j'ai pu... faveur céleste !
Te voilà libre, enfin ; que t'importe le reste ?
Ne me demande rien, et sans plus de retards...

DANIEL.

Eh bien, un dernier mot, et j'obéis, je pars.
Ah ! tu dois m'écouter, car ce n'est plus ton frère
Qui te parle à présent, Saphira ; c'est ton père.

SAPHIRA.

Mon père !

DANIEL.

Dans l'asile où de ses tristes jours,
Oublié du vainqueur il achève le cours,
J'ai pénétré ; j'ai vu ce vieillard sage et tendre.
Son front si vénérable était couvert de cendre ;
Ses yeux roulaient des pleurs qu'il tâchait d'essuyer ;
Ses longs habits de deuil traînaient sur le foyer.
« Quel est donc, ai-je dit, l'ennui qui te dévore ?
« Est-ce sur notre exil que tu gémis encore ?
« Aux mains de nos tyrans c'est Dieu qui nous a mis ;
« Regardons sa justice avec un œil soumis. »
« — O mon cher Daniel, m'a répondu ton père,
« Du Dieu qui nous punit j'adore la colère ;
« Quoi qu'il fasse, il fait bien ; ce qui cause mon deuil,
« C'est que ma fille évite et dédaigne mon seuil.
« Je suis vieux ; vers la mort je sens que je me penche ;
« Ne viendra-t-elle plus baiser ma tête blanche ?
« Il faut t'ouvrir mon cœur jusqu'au dernier repli ;

« Je n'ose interpréter un si coupable oubli.
« Si je ne la vois plus, c'est que sa conscience
« D'un père vigilant redoute la présence;
« Elle craint qu'en ses yeux les miens n'aillent cher-
«'Quelque secret fatal qu'elle veut me cacher! »   [cher
Tu frémis... je suis loin de partager ses craintes;
Et pourtant j'ai promis de t'apporter ses plaintes;
Je sais le triste honneur qui te retient ici,
Mais enfin la nature a bien ses droits aussi.
A ta voix, du vainqueur le courroux se modère;
Use de ce crédit pour aller voir ton père!
M'en fais-tu la promesse? Iras-tu dans ses bras
Lui faire oublier!...

SAPHIRA.

Non, je ne le promets pas.
Sois sûr que cette absence affreuse et nécessaire
Est plus cruelle encor pour moi que pour mon père;
Mais...

DANIEL.

Hé bien, dis, achève, explique tes ennuis.

SAPHIRA.

Hélas! je le voudrais.

DANIEL.

Parle donc.

SAPHIRA.

Je ne puis.

DANIEL.

Quelle nécessité si pressante et si dure
Peut arrêter en toi l'élan de la nature?
Ton père est seul; il pleure; il t'attend; il est vieux.

SAPHIRA.

Mais ne t'a-t-il pas dit qu'il lirait dans mes yeux?
Et s'il y découvrait le mystère funeste
Qui de mes jours flétris précipite le reste?

DANIEL.

Que dis-tu? Quels malheurs me fais-tu pressentir?
Tu parles de ta mort!

BENASSAR, revenant du fond du théâtre.

Prophète, il faut partir.
Un bruit confus s'élève, et l'ombre est éclairée.

SAPHIRA.

C'est le Roi! c'est le Roi! Va, fuis, tête sacrée!

DANIEL.

Sans savoir le secret qui consume tes jours!

SAPHIRA.

Il te ferait horreur; ignore-le toujours!

DANIEL.

O palais du tyran! ô dangereux repaire!
Ma sœur, aujourd'hui même iras-tu voir ton père?
Je ne pars qu'à ce prix.

BENASSAR.

On approche.

SAPHIRA.

Grand Dieu!
Je promets tout; pars donc!

DANIEL.

Je te bénis, adieu.

SAPHIRA.

Je me meurs.

(Daniel sort d'un côté avec Benassar; Saphira de
l'autre.)



LE ROI, THARÈS, Suite.

LE ROI.

Amestris! c'était elle; ô supplice!
Et dans l'obscurité j'ai vu fuir son complice!
Oui, l'ombre offre un asile à ses pas effrayés.
Je suivais l'insolent pour l'abattre à mes pieds;
Et ramassant sur lui ma colère et ma haine,
J'avais, dans le palais, laissé rentrer la Reine.
Déjà, pour le punir, mon bras était levé;
Vain effort! je ne sais quel démon l'a sauvé;
Au détour d'un sentier il a su disparaître,
Et mes yeux éblouis n'ont pu le reconnaître.
Il portait, m'as-tu dit, les vêtements obscurs
Des esclaves nombreux que renferment ces murs?
En effet, j'ai cru voir... O destin qui me brave!
Moi, Roi, moi, presque dieu, trahi pour un esclave!
Le dernier des mortels m'outrageait sans effroi!
Allons, cœur éperdu, contiens-toi, contiens-toi.
Tharès, tu vois mes pleurs, n'en dis rien si tu m'aimes.

THARÈS.

J'ai fait exécuter vos volontés suprêmes;
Le prince votre frère est mandé dans ces lieux,
Et la reine Amestris va paraître à vos yeux.

LE ROI.

Donne-moi de ton zèle un gage véritable;
Ne me déguise rien. Tu la savais coupable,
N'est-il pas vrai, Tharès, et c'est grâce à tes soins
Que mes yeux de son crime ont été les témoins?
Tu cherchais à confondre une reine infidèle?
Instruit du rendez-vous, tu m'as conduit près d'elle?

THARÈS.

Et qui m'aurait, seigneur, instruit de ses secrets?
Qui, moi, j'aurais glissé des regards indiscrets
Sous le voile où des rois la majesté repose?
Je sais mieux les devoirs que mon néant m'impose:
Le hasard a tout fait; vous ne l'ignorez pas;
C'est lui qui vers la Reine a dirigé nos pas.
Le sommeil vous fuyait; j'ai cru, c'est là mon crime,
J'ai cru que les splendeurs de cette nuit sublime,
Ce silence, ces fleurs, ces jardins enchantés,
Rendraient un peu de calme à vos sens agités.
Ce malheureux conseil qu'à présent je déplore...

LE ROI.

Quoi, cette horrible nuit s'obscurcit-elle encore!
Quel pouvoir fait pâlir l'éclat de ces flambeaux?
Je sens courir sur moi le frisson des tombeaux.
Je vois flotter, devant mes paupières brûlantes,
Un nuage chargé d'étincelles sanglantes;
Il s'ouvre: quelle main y grave en traits de feu:
Daniel, Daniel, ton Dieu seul est un Dieu!
Loin de moi, vision, terreur imaginaire!
Est-il besoin de toi pour aigrir ma colère?
Attends que dans le sang mon bras se soit plongé
Tu prendras ma raison quand je serai vengé!
Je la vois, son maintien affecte l'assurance.

## SCENE VI.

LE ROI, LA REINE, THARÈS, Soldats, Esclaves. *Sur*
*un signe du roi, Tharès et la suite se retirent.*

LA REINE.

Seigneur, quelle surprise et quelle violence!
Dites-moi si je veille ou si la main des dieux
Peuple aussi mon sommeil de songes odieux?
Est-ce moi qu'en esclave on saisit, on entraîne,
Moi, la fille des rois, votre épouse, la Reine?
Que m'ont dit vos soldats? croirai-je qu'en effet
Un mot de votre bouche ait permis ce forfait?
Avez-vous jusque-là trahi le rang suprême?
Plus imprudent pour vous, qu'injuste envers moi-même.
Éclairez mon esprit de doutes combattu.

LE ROI.

Que cette dignité sied bien à la vertu!
— Son nom?

LA REINE.

Seigneur...

LE ROI.

Allons, réponds sans subterfuge.
Ton crime est avéré; plus d'époux, rien qu'un juge.
La foudre est dans ma main prête à tomber sur toi.

LA REINE.

Mon crime? quel est-il et qu'attend-t-on de moi?

LE ROI.

Ah! c'est pousser trop loin l'audace et l'artifice;
Ce que j'attends de toi? le nom de ton complice;
Le nom de ton amant. Ne me comprends-tu pas?
Je veux vous réunir dans un même trépas.

LA REINE.

Au trouble où je vous vois je ne puis rien comprendre,
Seigneur; vous n'êtes pas en état de m'entendre.
Dieux bons, gardez le roi de toute trahison.

(*Elle se couvre de son voile et veut sortir.*)

LE ROI, *la retenant.*

Pour la dernière fois, dis-moi, dis-moi son nom?
Crois-tu qu'à ma fureur ta mort puisse suffire.

LA REINE.

Pour la dernière fois, que voulez-vous me dire?

LE ROI.

Parle donc, ou ce fer... Allons, modérons-nous.
Que disais-je?.. un esclave, embrassait tes genoux,
Tout-a-l'heure, ici près, sous cet ombrage sombre;
Poursuivi par moi-même, il s'est sauvé dans l'ombre...

LA REINE.

Vous avez accueilli ce mensonge odieux !
Quels témoins avez-vous? qui m'accuse?

LE ROI.

Mes yeux.
J'ai vu ; ce témoignage a de quoi te confondre.
Que me répondras-tu?

LA REINE.

Que puis-je vous répondre?

LE ROI.

Elle avoue.

LA REINE.

Ah ! seigneur, je cherche en ce moment

A vous justifier d'un tel emportement;
Mais en vain avec soin, j'interroge ma vie;
Rien n'y prête une excuse à cette calomnie.
Hier, pleine des malheurs qu'on vous avait prédits,
J'ai, pour me ranimer, passé près de mon fils;
Sa présence a bientôt détourné mes alarmes;
Le sourire d'un fils peut sécher tant de larmes !
Tant qu'a duré le jour, les dieux m'en sont témoins,
A cet enfant si cher j'ai prodigué mes soins;
Et depuis que du soir l'étoile est revenue,
Son paisible sommeil réjouissait ma vue.
Dans quel temps un esclave ou quelqu'audacieux
Aurait-il?..

LE ROI.

Je te dis que j'ai vu de mes yeux.
Leur rapport te condamne ; à quoi bon cette adresse ?
Crois-tu donc émouvoir un reste de tendresse.
Et que de tes accents troublé comme autrefois,
Je me laisse attendrir rien qu'au son de ta voix !
Mon regard dès longtemps te suit et t'étudie ;
J'ai pénétré ton cœur, j'en sais la perfidie;
Les preuves me manquaient; mais bien avant ce jour,
J'avais sous le mépris étouffé mon amour.
Un moyen te restait de fléchir ma justice ;
Un seul : il eût fallu me livrer ton complice.
Mais puisque dans ton choix tu n'as pas balancé...

LA REINE.

Je vois que mon arrêt d'avance est prononcé,
Seigneur, de vos transports je vois ce qu'il faut croire,
Et ce détour cruel sied mal à votre gloire.
Vous voulez être libre : on me l'avait bien dit,
Qu'une image nouvelle occupait votre esprit ;
Et que déjà du cœur par l'absence chassée,
Sur le trône bientôt je serais remplacée.
Satisfaites-vous donc ; ordonnez mon trépas,
Mais par respect pour vous ne m'avilissez pas ;
Ne souillez pas mon nom d'un crime imaginaire :
Voulez-vous que mon fils méprise un jour sa mère ?

LE ROI.

Qu'entends-je? on récrimine au lieu de supplier.
J'accusais ; c'est à moi de me justifier!
Moi, je t'ai rapporté mon mépris ou ma haine?
Moi, je cherche un détour pour briser notre chaîne?
Je suis le roi vainqueur, sinistre et redouté ;
La mer a des confins, mais non ma volonté.
Un seul de mes regards vivifie ou ruine,
Et quand j'ai dit un mot le genre humain s'incline ;
Pourquoi prendre un détour? toi seule as mérité
Le prix de l'impudence et de la fausseté.
Tu dis qu'une autre femme a mon âme charmée?
Apprends que je t'ai seule et constamment aimée ;
Que je t'adore encore et que cet entretien
Assure mon trépas aussi bien que le tien.
Adieu, j'ai désiré pour toi toutes les gloires;
C'est toi que j'invoquais en gagnant mes victoires;
C'est peu... d'un autre espoir désormais enflammé
Autant que je suis craint je voulais être aimé;
Je voulais voir le monde heureux sous ma puissance,

Nous partager ses vœux et sa reconnaissance.
Ton crime aura changé ma clémence en fureur ;
Je hais la race humaine et j'en serai l'horreur.
Allons, qu'autour de moi le débris s'amoncelle,
Que la flamme s'étende et que le sang ruisselle !
Je redeviens barbare, inflexible, absolu ;
Et je mourrai maudit puisque tu l'as voulu !
(Il sort.)

### SCENE VII.

#### LA REINE, seule.

Il sort ; et ma stupeur m'attache à cette place.
Quel mélange imprévu d'amour et de menace !
Que me reprochait-il ? qu'à mes genoux surpris,
Un homme... j'écoutais et je n'ai pas compris.
Dans ses yeux pleins de rage et de mélancolie,
N'ai-je pas reconnu l'éclair de la folie ?
Il semblait qu'un démon vainqueur, mystérieux,
Poussait par un ressort ses gestes furieux ;
Et lui dictait, avec un sourire farouche,
Les imprécations qui sortaient de sa bouche !
Par quelle vision me laissai-je dompter ?
Le discours d'un enfant doit-il m'épouvanter ?
Est-ce un malheur si grand qu'il faut que je redoute ?
Allons, rassurons-nous, rien n'est perdu sans doute.
J'ai des sujets de joie encor plus que d'effroi ;
Il m'aime ; il n'a jamais aimé d'autre que moi ?
Absent, il me faisait une part dans sa gloire ;
Il me le dit : pourquoi ne puis-je pas le croire ?
Ah ! s'il m'aimait encor, malheureuse, aurait-il
Promis de s'allier aux souverains du Nil ;
Serait-il revenu pour m'imposer de force
La douleur éternelle et l'affront d'un divorce ;
Et m'accablerait-il d'injures, de mépris,
Sur un prétexte vain qu'au hasard il a pris ?
J'ai de ses vœux secrets un garant trop sincère.
Oxathrès, son ami, son confident, son frère.
Mais de mes intérêts trop prompt à s'occuper,
L'inquiet Oxathrès n'a-t-il pu se tromper ?
Si son rapport m'avait faussement alarmée ?
Dieux justes, si le Roi m'avait toujours aimée ?
Après tout, quel pouvoir peut-il craindre ici-bas ?
Feindrait-il un amour qu'il ne sentirait pas ?
Non, son âme est trop haute ; affrontons sa colère ;
Qu'il s'explique ; il le faut.
*(Elle s'élance vers le fond et trouve la porte gardée.)*
Des soldats ! prisonnière !
Était-ce donc la mort que m'annonçait sa voix ?
M'aurait-il dit adieu pour la dernière fois ?...

### SCENE VIII.

#### LA REINE, OXATHRÈS, un esclave, *porteur d'un glaive et d'une coupe.*

#### LA REINE.

Ah ! de quel rêve affreux votre aspect me délivre ;
Je vous vois, mon cher frère, et je me sens revivre.
Guidez-moi près du Roi. Ciel, vous avez pleuré ?

#### OXATHRÈS.

Dans son appartement le Roi s'est retiré ;
Un ordre qui comprend son épouse et son frère
Cache à tous les regards sa majesté sévère.
La mort veille à sa porte et défend d'approcher.

#### LA REINE, *avec résolution.*

Qu'elle me frappe donc ! je m'en vais la chercher.

#### OXATHRÈS.

Ne sortez pas d'ici, princesse infortunée ;
Mon frère a décidé de votre destinée ;
Raisons, prières, pleurs, rien n'a pu le fléchir.
D'un hymen qui lui pèse, il prétend s'affranchir ;
Et comme à ses regards une autre a trouvé grace,
Il faut que vous mouriez pour lui céder la place.
Tel est l'arrêt cruel que j'apporte en son nom ;
Et ce muet tient prêts un glaive et du poison.
Ma sœur, j'ai demandé comme faveur suprême
De venir à la mort vous préparer moi-même :
Acceptez-vous l'arrêt prononcé contre vous ?
Esclave d'un bourreau qui n'est plus votre époux.
A sa férocité qui veut être assouvie,
Livrez-vous votre honneur ainsi que votre vie ?
Si tel est le devoir où vous vous abaissez,
Je sors en vous plaignant ; tout est dit : choisissez.
Mais si dans votre cœur plus sensible à l'outrage,
Un traitement si dur fait gronder un orage ;
Si vous ne voulez pas être l'oiseau sans fiel
Qu'un sacrificateur égorge sur l'autel ;
Si vous vous souvenez du sacré caractère
Que vous donnent les noms et de Reine et de mère ;
J'épouse votre cause ; et ce bras révolté
Vous offre la vengeance avec la liberté.

#### LA REINE.

Prince, de tant de coups en un moment frappée,
Par mes sens affaiblis je crains d'être trompée.
Je ne vous comprends pas. C'est horrible, en effet ;
Le Roi veut que je meure... et pourquoi ? qu'ai-je fait ?..
Voyons, vous qui venez exhorter la victime,
Avant de l'immoler expliquez-lui son crime !

#### OXATHRÈS.

Hélas ! je vous l'ai dit, faut-il le répéter ?
Au trône de l'Asie une autre veut monter.

#### LA REINE.

Mon fils ! mon fils ! mon fils !

#### OXATHRÈS.

Maîtrisez vos alarmes.
Du courage. Est-il temps de répandre des larmes.
Vous pouvez vous sauver ; m'avez-vous entendu ?
Tant que vous me voyez, ma sœur, rien n'est perdu.
Ouvrez, ouvrez votre âme à l'espoir qui vous reste.
Ce peuple est las du Roi ; c'est moi qui vous l'atteste.
Ses prodigalités, ses guerres, ses hauteurs,
De son sceptre trop lourd ont détaché les cœurs ;
Un vent séditieux gronde et court sur la foule ;
Donnez-leur le signal et sa puissance croule.
Maître de ce palais, je vous laisse sortir.
Je ne vous suivrai pas ; au lieu de vous servir,
Mon appui déclaré vous deviendrait contraire ;

Et je n'ai pas le droit de m'armer contre un frère.
Adressez-vous d'abord à ces braves soldats
Qui par le soin d'un père attachés à vos pas,
Troupe de vétérans aux dangers aguerrie,
Vous ont accompagnée à la cour d'Assyrie.
Leurs chefs à vous défendre ont engagé leur foi;
Ils formaient votre garde en l'absence du Roi.
Qu'ils vont d'un cri d'amour accueillir leur princesse!
Et quand vous leur direz le danger qui vous presse,
Comme ils viendront en foule à vos pieds se ranger!
Le peuple, instruit par eux, voudra vous protéger!
Régente, votre main a versé tant de grâces!
Votre nom dans les cœurs a laissé tant de traces!
De leurs premiers transports profitez sans délais,
Et les glaives tirés revenez au palais.
Le Roi, surpris par vous, paiera cher, le barbare,
Les pleurs...

LA REINE.

      Prince, arrêtez; votre amitié s'égare;
Est-ce vous qui parlez, vous, le frère du Roi?
Vous vous devez à lui, prince, bien plus qu'à moi.
Vous êtes le conseil, l'appui de sa couronne;
Vivez, mourez pour lui; c'est moi qui vous l'ordonne.

OXATHRÈS.

Mais vous vous méprenez au sens de mon discours.
Vous ai-je proposé d'attenter à ses jours?
Un fratricide, moi? non, ma sœur, qu'il respire,
Et partage avec vous tous les droits de l'empire.
Que le rang, le pouvoir entre vous soit égal;
Réclamez la moitié de son bandeau royal.
Ainsi de votre sort corrigeant l'injustice,
Vous en mettez la suite à l'abri d'un caprice;
Hier esclave du Roi, son arbitre aujourd'hui,
Votre avenir se rouvre indépendant de lui.
Voilà le seul moyen d'assurer votre vie;
Babylone à vos lois fut naguère asservie;
Son peuple de ce joug connaissant la bonté,
Bénira le retour de votre royauté.

LA REINE.

Je vois à quel excès la douleur vous emporte,
Et reconnais sans doute une amitié si forte,
Prince; mais elle éclate avec une chaleur
Qui ne peut s'excuser même par mon malheur.
Qui, moi? pour racheter une vie inutile
Je livrerais ce peuple à la guerre civile?
Moi, je provoquerais de si grands attentats,
Et contre mon époux?... vous ne le voulez pas?

OXATHRÈS.

Mais vous lui laisseriez le jour, le diadème.

LA REINE.

On ne partage point l'autorité suprême.

OXATHRÈS.

Son effroyable arrêt va donc s'exécuter?

LA REINE.

J'aime mieux le subir que de le mériter.

OXATHRÈS.

C'est peu de votre vie; il vous prend votre gloire.

LA REINE.

Son équité bientôt vengera ma mémoire.

OXATHRÈS.

Il en sera distrait par ses nouveaux amours.

LA REINE.

Je meurs donc sans regret, moi qui l'aime toujours!
Plus qu'un mot, est-il vrai qu'Amestris vous soit chère?

OXATHRÈS.

Justes dieux!

LA REINE.

      Faites-moi parler à votre frère.

OXATHRÈS.

Je me perdrais sans fruit en m'offrant à ses yeux;
Vous le savez.

LA REINE.

      Alors, recevez mes adieux.
Je vois qu'il faut mourir, puisqu'en ce jour funeste
La ressource d'un crime est tout ce qu'il me reste.
Donnez-moi ce poison. Allez, dites au Roi,
Que je meurs sans qu'il ait à se plaindre de moi;
Que je n'ai point trahi l'honneur de la couronne,
Que je plains son erreur et que je lui pardonne.
Vous, servez-le toujours avec fidélité;
Il vous aime; cent fois il me l'a répété.
Et puisque vous croyez que mes cris et mes larmes
Pourraient toucher ce peuple et l'appeler aux armes,
A mon père d'abord, renvoyez ses soldats,
Et cachez quelque temps le bruit de mon trépas!

OXATHRÈS.

Vous ne me faites point, ma sœur, d'autre prière?

LA REINE.

Une encore, Oxathrès; attendez, je suis mère.
Mon fils... à ce nom seul, mes pleurs m'ôtent la voix...
Je ne veux pas le voir une dernière fois;
Sa vue achèverait de m'ôter mon courage.
De mes droits sur ce fils, acceptez l'héritage,
Qu'il trouve en vous l'amour, les soins qu'il perd en
Dirigez son enfance. — Et si jamais le roi,    [moi;
Des fruits d'un autre hymen se montrant idolâtre,
Veut le sacrifier aux fils d'une marâtre,
D'une cause sacrée, obstiné défenseur,
Souvenez-vous du legs que vous fait votre sœur.

OXATHRÈS.

Tout mon sang est à lui; mais que pourrais-je faire?
Savez-vous si le roi n'a pas dans sa colère?..

<center>~~~~~~~~~~~~~~~~~~~~~~~~~~~~~~~~~~~~~~~~</center>

SCENE IX.

LA REINE, OXATHRÈS, SAPHIRA.

SAPHIRA.

Ah! Madame...

LA REINE.

      Quoi donc?

SAPHIRA.

      Souffrez que mes esprits...

LA REINE.

Je t'entends; laisse-moi.

SAPHIRA.

      Le prince votre fils...

LA REINE.

Que dis-tu de mon fils?

SAPHIRA.

Des soldats... nuit affreuse!
Ils nous l'ont arraché.

LA REINE.

Mon fils?

SAPHIRA.

Oui.

LA REINE.

Malheureuse!
Voyons... ne tremble pas... parle; il faut m'éclaircir...

SAPHIRA.

Nos prières, nos pleurs n'ont pu les adoucir...
Ils l'ont conduit au Roi.

LA REINE.

Je respire. A son père!

SAPHIRA.

Dites à son bourreau.

LA REINE.

Lui?

SAPHIRA.

Je ne puis me taire,
Sauvez-le du démon dont il est travaillé,
Il veut qu'au dieu Moloch, son fils soit immolé.

LA REINE.

Daniel, Daniel, ton triomphe commence;

Le vainqueur de ton peuple est frappé de démence.
O mon fils, ô fureur qui confond ma raison!
Je veux vivre à présent; loin de moi ce poison!
        (A Oxathrès.)
Êtes-vous toujours prêt à m'ouvrir cette enceinte?

OXATHRÈS.

Reine! vous êtes libre, allez, partez sans crainte,
Des agents éprouvés qui m'ont vendu leurs bras,
Ameuteront la foule en marchant sur vos pas.

LA REINE.

Oxathrès, je commence à voir clair dans ton âme;
Tant de précautions dénoncent quelque trame;
Ta conduite me jette en d'étranges soupçons,
Et ton œil qui m'évite est plein de trahisons!
Quel est ton but? je crains d'y songer; que m'importe!
L'intérêt de mon fils sur tout autre l'emporte.
Non, cet affreux Moloch, dieu sorti de l'enfer,
Qui reçoit les enfants entre ses bras de fer,
Et sans qu'à leurs attraits sa cruauté s'apaise,
Les laisse tout vivants tomber dans la fournaise,
Ne verra pas mon fils, le fruit que j'ai porté,
Périr sur son autel des mères détesté!
Montrons-nous! que le peuple à ma voix se rassemble!
Tyran dénaturé, rends-moi mon fils ou tremble!

FIN DU DEUXIÈME ACTE.

********************************************************

# ACTE TROISIÈME.

Même décoration.

## SCENE PREMIERE.

THARÈS, SAPHIRA.

SAPHIRA.

Et quand faut-il partir?

THARÈS.

Sur-le-champ.

SAPHIRA.

Quoi? si vite!
Ce n'est pas un départ, Tharès, c'est une fuite.

THARÈS.

L'ordre que j'accomplis n'admet point de délais.
Saphira, sois joyeuse en quittant ce palais.
De je ne sais quel Dieu, l'influence y domine,
Et ses murs chancelants penchent vers leur ruine.
Pour briser le pouvoir d'un époux inhumain,
La reine y va rentrer les armes à la main;
Qui sait jusqu'où les siens étendront leur furie?
Peut-être apportent-ils le meurtre et l'incendie.
L'abîme est sous nos pas; c'est pour t'en garantir
Que le triste Oxathrès te presse de partir.

SAPHIRA.

Mais partir maintenant, quand la reine entraînée
Aux chances d'un combat livre sa destinée;
Quand son fils innocent, menacé du trépas...
Tharès, que dira-t-elle en ne me voyant pas?
Que l'amitié, la foi, n'ont plus rien qui m'émeuve,
Et que je l'abandonne au moment de l'épreuve.

THARÈS.

Mais ton père t'attend. Je l'ai fait prévenir
Que cette heureuse nuit devait vous réunir;
Debout, auprès du seuil, il sourit, son œil brille,
Et déjà dans ses bras il croit serrer sa fille.
Pauvre père! aura-t-il vainement attendu?

SAPHIRA.

Hé quoi, de mon retour vous l'avez prévenu?

THARÈS.

Oui, sans doute. Ce soin a-t-il rien qui te blesse?
Son âge l'exigeait, ainsi que sa faiblesse.

SAPHIRA.

O Daniel! mon père!

THARÈS.

Et si demain au jour
Sa fille dans ses bras n'était pas de retour,
Que ne craindra-t-il point quand un récit fidèle
Du palais envahi lui dira la nouvelle?
De tels événements entraînent après eux
Une rumeur immense et des malheurs nombreux;
Ton père infortuné t'en croira la victime.

SAPHIRA.

Assez. Je vais partir; hésiter est un crime.

THARÈS.

Deux esclaves sont là, prêts à t'accompagner.

SAPHIRA.

Allons, à ce supplice il faut te résigner,

Saphira ; le cœur plein de l'amour qui te dompte ,
Aux regards paternels cache avec soin ta honte.
Songe à mentir. Tu sais que ton père mourrait
Si jamais de ton crime il savait le secret.

(*Elle sort. Oxathrès paraît.*)

## SCENE II.
#### THARÈS, OXATHRÈS.

OXATHRÈS.

Elle part ?

THARÈS.

Elle part...

OXATHRÈS.

Tranquille ?

THARÈS.

Sans se plaindre.

OXATHRÈS.

C'est bien, de ce côté nous n'avons rien à craindre.
Que dit, que fait le Roi ?

THARÈS.

Docile à mon conseil,

Il attend sur son lit le retour du soleil ;
Et croyant que la Reine a subi sa sentence,
Il savoure à loisir le fruit de la vengeance.

OXATHRÈS.

Ses gardes par ton or ont-ils été gagnés ?

THARÈS.

Du seuil qu'ils défendaient tous se sont éloignés.

OXATHRÈS.

As-tu fait prévenir les fidèles cohortes
Qui, depuis son retour, campent hors de nos portes,
Que cette nuit, peut-être, on irait les chercher ?

THARÈS.

J'ai prévenu les chefs ; ils sont prêts à marcher.

OXATHRÈS.

Tristes divinités qui régnez sur ma vie,
Vengeance, ambition, toi surtout, pâle envie,
Le plus vif sentiment de ce cœur ulcéré,
Enfin, je touche au but que vous m'avez montré !
N'as-tu rien entendu ?

THARÈS.

Non, seigneur, rien encore.

OXATHRÈS.

Allons, la nuit avance, et le temps nous dévore.
Ton esclave est-il là ?

THARÈS.

Je l'ai fait approcher.

OXATHRÈS.

Tu m'en réponds toujours ?

THARÈS.

Toujours.

OXATHRÈS.

Va le chercher.

## SCENE III.
#### OXATHRÈS, THARÈS, UN ESCLAVE ARABE.

OXATHRÈS, *à l'esclave.*

Ami, tout nous succède, et l'heure est arrivée

D'accomplir l'œuvre sainte à ton bras réservée.
La victime t'attend et ne peut t'échapper ;
Tu vois d'ici la place où tu dois la frapper.
Heureux d'être choisi pour cet honneur suprême !
Réponds avec franchise ; es-tu sûr de toi-même ?
Ne sens-tu pas en toi quelque vague terreur ?
N'es-tu pas ébranlé ?

L'ESCLAVE.

Mets la main sur mon cœur.

OXATHRÈS.

Perdu dans la poussière où ta race se couche,
Tu n'as vu que de loin ce conquérant farouche.
Quand il passe, rapide, à travers les chemins.
Il dérobe ses traits au commun des humains ;
Et tu ne le connais que par le cri de haine
Que poussent contre lui cent peuples qu'il enchaîne.
Tu vas le voir de près. Sur son front redouté
Les dieux ont de l'empire empreint la majesté ;
Sa parole intimide et son regard foudroie ;
C'est celui du lion en quête d'une proie.
Fascinés par cet œil qui lance le trépas,
Les hôtes du désert ne lui résistent pas ;
Ils s'arrêtent, saisis d'une terreur subite,
Et leurs membres tremblants leur refusent la fuite.
N'éprouveras-tu pas un sentiment pareil ?
Es-tu l'aigle qui peut affronter le soleil ?

L'ESCLAVE.

Je le suis. Quel que soit le nom dont on le nomme ,
Esclave ou conquérant, un homme n'est qu'un homme.
Qu'importe à ma vengeance un visage humble ou fier ?
A-t-il une poitrine à l'épreuve du fer ?
Non. Alors à mes coups rien ne peut le soustraire.

OXATHRÈS.

Tiens donc. Prends ce poignard, frappe et venge la
[terre.

L'ESCLAVE.

Dieux des fils d'Ismaël, vous savez que ma main
Pour la première fois verse le sang humain.
Je vous prends à témoin que si je me décide
A recevoir ce fer que m'offre un fratricide,
Ce n'est point que mon cœur, par ce traître acheté,
Cède à l'appât de l'or ou de la liberté !
Une plus noble ardeur me conduit, me transporte ;
Je venge mon pays brûlé, ma femme morte,
Vous-mêmes, dont j'ai vu les autels ravagés,
Et mes fils, mes deux fils, à mes yeux égorgés !
O Dieux ! d'aucun forfait je ne suis le complice.
Mon bras n'est à personne ; il sert votre justice !

OXATHRÈS.

Bien. Le trépas du Roi dans ses yeux est écrit.
Observe exactement l'ordre que j'ai prescrit :
La main sur ton poignard, et l'oreille attentive,
Résolu, calme, attends que le signal t'arrive.
Il dort ; tu vois donc bien qu'il ne peut t'échapper.
Mais il ne faut entrer dans sa chambre et frapper
Qu'au moment où les cris des révoltés en armes
Rempliront ce palais de tumulte et d'alarmes.
Adieu. Les nations connaîtront, grâce à toi,
Quel était le vrai sens des visions du roi.

Qu'avait dit Daniel ? Le sort de l'arbre immense
Au vainqueur de la terre annonce la démence.
Tu vas en l'immolant, nous prouver sans effort
Que les dieux du sommeil lui parlaient de la mort.
(Il sort avec Tharès.)

## SCÈNE IV.

### L'ESCLAVE, seul.

Ils sortent. De leurs pas le bruit se perd dans l'ombre.
Méchants ! allez combler vos trahisons sans nombre.
Allez ! comme il me plaît je frapperai mes coups.
L'immoler endormi ? Lâches, c'est bon pour vous ;
Pour moi, non. Et d'ailleurs je prétends qu'il expire
En sentant son malheur, en pleurant son empire,
En maudissant son frère, en blasphémant les dieux !
Qu'il se réveille donc ! s'il se défend, tant mieux !
(Le Roi sort de sa chambre.)

## SCÈNE V.

### LE ROI, L'ESCLAVE.

#### LE ROI.

Les astres ont pâli sur la voûte azurée,
D'un cerle ensanglanté la lune est entourée,
L'heure est propice ; allons.

#### L'ESCLAVE.

Me trompé-je ? une voix

A troublé le silence. Ah ! qu'est-ce que je vois ?

#### LE ROI.

Aucun bruit au palais ; nul regard ne m'épie ;
Hâtons-nous de sortir de ce palais impie
Chaque instant que j'y passe irrite mes tourments.

#### L'ESCLAVE.

Pas de couronne au front, de simples vêtements ;
Est-ce lui ? Dieux vengeurs, éclairez mon courage,
Je ne puis distingner les traits de son visage.

#### LE ROI.

Sortons.

#### L'ESCLAVE.

Arrête !

#### LE ROI.

Oh ! grâce ! ayez pitié de moi.

#### L'ESCLAVE.

Il me demande grâce, il n'est donc pas le Roi !
Quel es-tu ? Voyons, parle, ou ta mort est prochaine.

#### LE ROI.

Qui je suis ? Un esclave, et je rompais ma chaîne.
Je fuyais. Mon départ n'a que vous pour témoin,
Ne me trahissez pas, je vais bien loin, bien loin...

#### L'ESCLAVE.

Moi, te trahir ? Reviens de ta frayeur extrême ;
Esclave comme toi, je te plains et je t'aime.
Va donc. Loin de ces murs, précipite tes pas ;
Quitte ces lieux voués à l'horreur, au trépas.
Les chemins sont ouverts ; que rien ne te retienne,
Je reste pour servir ma vengeance et la tienne !

#### LE ROI.

Vous entrez chez le Roi ?

#### L'ESCLAVE.

Frère, suis ton chemin.

#### LE ROI

Qu'attendez-vous de lui ?

#### L'ESCLAVE.

Tu le sauras demain.

#### LE ROI.

Restez. Je vais vous dire une nouvelle étrange,
Celui que vous cherchez n'est plus là.

#### L'ESCLAVE.

Ciel ! qu'entends-je ?

#### LE ROI.

Il était seul, perdu dans un rêve profond,
De sa main fatiguée il soutenait son front
Qu'un penchant invincible entraîne vers la terre ;
Et des larmes de sang tombaient de sa paupière.
D'affreuses visions passaient devant ses yeux ;
D'abord c'était un juif, un juif audacieux,
Qui lui montrant du doigt le tronc d'un arbre immense,
« Démence, disait-il, ton sort est la démence !.. »
Ce fantôme écarté, seule, à pas lents, sans bruit,
Une femme montait aux jardins, dans la nuit ;
Les palmiers se penchant sur elle, avec mystère,
Disaient tout bas le nom de l'épouse adultère...
Trahison ! trahison ! à ce cri, le jardin
Dans un brouillard confus, disparaissait soudain ;
Et puis dans ce chaos, la clarté ramenée
Faisait voir sur son lit la reine empoisonnée ;
Tandis qu'avec des cris bien faits pour le toucher,
Son fils, le fils du roi, mourait sur un bûcher.
A chaque vision, plus vive et plus cruelle,
Une douleur atroce ébranlait sa cervelle ;
Je ne vous dirai pas quel démon l'a poussé
Ou quel souffle divin sur sa tête a passé ;
Mais enfin détestant l'éclat qui l'environne,
Il a quitté sa pourpre et brisé sa couronne,
Il a pris les habits des esclaves, des fous,
Vous voulez lui parler, le reconnaissez-vous ?

#### L'ESCLAVE.

Quoi, tu serais le roi ?

#### LE ROI.

J'en abdique le titre.

De l'Orient soumis qu'un autre soit l'arbitre !
Trahi par ce que j'aime, insulté, détesté,
Je renonce à mon sceptre et fuis l'humanité.
Loin de moi, loin de moi, race ingrate et cruelle !
J'entends dans le désert une voix qui m'appelle ;
Voix du ciel, j'obéis. Oh ! n'avoir plus de soins,
Pleurer quand je voudrai, sans craindre les témoins ;
Gloire, orgueil, oublier vos chimères sublimes,
Borner mon existence à des œuvres infimes ;
Et m'ignorant moi-même, à la brute pareil,
Dormir seul dans un antre à l'abri du soleil !

#### L'ESCLAVE.

Quel sentiment nouveau de mon âme s'empare !
Quoi, c'est là ce vainqueur, ce tyran, ce barbare ;
Ce démon oppresseur de tant d'infortunés ?
Ombres de mes enfants, de ma femme, oh ! venez,
Que j'entende vos cris, que votre sang ruisselle ;
Rendez son énergie à mon bras qui chancelle !

LE ROI.

Tu te plains, qu'as-tu donc ? Confiant comme moi,
As-tu livré ton cœur à des amis sans foi ?
Pleures-tu comme moi sur l'amour d'une femme ?
L'héritier de ta race est-il mort dans la flamme ?
Dieux, que vois-je ? Un poignard a brillé dans ta main ?
Malheureux ! Et de qui veux-tu percer le sein ?
Ne verse pas le sang, crois-moi, crains la vengeance !
Son ardeur vous conduit bien plus loin qu'on ne pense ;
Et c'est un trait fatal qui, sans être émoussé,
Revient frapper souvent celui qui l'a lancé.
Moi, par exemple, moi, tu vois, ma barbarie
A deux êtres bien chers vient d'arracher la vie ;
Leur supplice était juste et je ne les plains pas !
Hé bien ! depuis leur mort, ils sont là sur mes pas,
Ils me suivent partout. Oh ! l'effroyable escorte !
Tiens, je voulais sortir ; ils défendent la porte.
Où fuir ?

L'ESCLAVE.

Reviens à toi, roi des rois, connais mieux
Le danger que tu cours. Ouvre, ouvre enfin les yeux.
Qu'importe que les morts suivent ou non la trace ?
Songe aux vivants. Vois-tu ce fer qui te menace ?
Voilà le vrai péril qu'il faudrait détourner.
On m'a conduit ici, Roi, pour t'assassiner.
Comprends-moi bien. Cette heure est ton heure dernière ;
Et qui te livre à moi, le sais-tu ? c'est ton frère !

LE ROI.

Mon frère ! hé quoi ! c'est lui que je tiens dans mes bras !
Cher Oxathrès, pourquoi ne te nommais-tu pas ?
Quoi, je t'ai méconnu ? quoi, ma tête affaiblie...
Que m'arrive-t-il donc ? je ne vois plus... j'oublie...

L'ESCLAVE.

Et moi, je me souviens. Allons, Roi, le jour luit,
Le règne est dissipé des erreurs de la nuit.
Rallume ta raison à ce jour qui t'éclaire ;
Regarde-moi ; non, non, je ne suis pas ton frère.
Je suis le bras vengeur contre toi suscité,
Au nom de la justice et de l'humanité.
Vingt nations, par toi, dans le tombeau poussées,
Demandaient ton supplice et vont être exaucées.
Enfin il me comprend. Soyez bénis, ô Dieux !
L'étonnement, l'effroi se lisent dans ses yeux !

LE ROI.

Quel bruit se fait entendre, il s'approche, il s'élève ;
On dirait la rumeur des flots sur une grève.

L'ESCLAVE.

Ce sont les révoltés, ils me donnent de loin
Le signal de ta mort, et j'en avais besoin.

LE ROI.

Tu te trompes ; ces cris sont des plaintes funèbres ;
Ces voix montent à nous du séjour des ténèbres.

L'ESCLAVE.

Apprends qu'Amestris vit, que le ciel la défend,
Qu'elle vient t'arracher ton sceptre et ton enfant.

LE ROI.

Apprends que chaque nuit, dans ces retraites sombres,
Je me vois entourer par un cortège d'ombres.

L'ESCLAVE.

Ton heure est arrivée ; oui... j'ai juré, je dois...

LE ROI.

Paix ! paix ! cache ce fer, n'élève pas la voix...
Crains de les irriter ; leur rage est si cruelle !
Ils entrent... les voilà... soutiens-moi, je chancelle..
Oh ! Dieux, en un moment que leur foule a grossi !
De tous les points du monde ils arrivent ici.
Les uns des bords féconds où le Nil coule et règne,
Les autres de l'Indus où l'Aurore se baigne ;
Tous morts pour leur patrie, et sans honneurs couchés
Au rebord du sillon où je les ai fauchés.
Que de cris menaçants ! que de plaintes amères !
Ce sont les orphelins, les veuves et les mères,
Qui dans le noir empire en troupes descendus
Ont suivi de bien près ceux qu'ils avaient perdus.
Ombres, quel éclair luit dans vos yeux pleins de haine ?
Devant votre bourreau quel dessein vous amène ?
Quel est ce vase affreux qu'à ma soif vous tendez ?
Du sang ! j'en ai trop bu. Gardez pour vous, gardez !
Mais leur colère augmente ; ô vengeance ! ô délire !
De leurs ongles brûlants l'étreinte me déchire.
Grâce ! oui, de tous vos maux impitoyable auteur,
J'ai passé parmi vous comme un vent destructeur ;
Oui, de mon char poussé par l'esprit des conquêtes
Les essieux ont broyé des millions de têtes ;
Je vous ai tout ravi ; mais depuis mon retour
Un Dieu vengeur me frappe et m'écrase à mon tour.

L'ESCLAVE.

Ah ! tout ce que j'entends conspire à sa défense !
L'excès de son malheur désarme ma vengeance.
Je vois, je reconnais le pouvoir qui l'atteint ;
Le Dieu des juifs est grand et son prophète est saint !
Oxathrès, cherche ailleurs un courage plus ferme ;
A ma haine pour lui ce moment met un terme.
Je sauverai tes jours, viens, viens, pauvre insensé !
La place est vénérable où la foudre a passé.
*(Ils sortent par une porte latérale. Oxathrès, le chef
des mages et leur suite arrivent par le fond.)*

## SCÈNE VI.

OXATHRÈS, LE CHEF DES MAGES, MAGES, PRINCES,
*puis* LA REINE.

OXATHRÈS, *entrant le premier.*

Venez, braves guerriers, pontifes qu'on révère ;
Périssons pour sauver ou pour venger mon frère ;
*(La Reine entre.)*

LE CHEF DES MAGES.

O Reine, qu'as-tu fait ? quels démons ennemis
Sont entrés dans ton cœur autrefois si soumis ?
Quels ferments de révolte et de guerre civile,
Propagés par tes mains embrasent cette ville ?
Sur qui de ta fureur diriges-tu les traits ?
Prévenus par la voix du fidèle Oxathrès
D'une rébellion si subite et si noire,
Nous en avions frémi, mais nous n'osions y croire.
A peine en croyons-nous le rapport de nos yeux ;
Épouse révoltée, arrête et crains les Dieux.

LA REINE.

Pontife, à votre arrêt, je veux bien me soumettre ;
De mon étonnement laissez-moi me remettre.
Oxathrès en est cause, et m'en peut excuser ;
Je ne m'attendais pas qu'il m'irait accuser.

OXATHRÈS.

Sur quoi te fondais-tu ? parle sans artifice.
Voudrais-tu soutenir que je suis ton complice ;
Que j'ai favorisé ta fuite du palais ?
Quelle preuve en as-tu, quels témoins ? Produis-les.

LA REINE.

Princes, c'est à vous seuls qu'Amestris veut répondre.
Pour ce traître, à quoi bon chercher à le confondre ?
Quel que soit le récit qu'il ose publier,
Mes actions sont là pour me justifier.
Il est vrai, l'apparence est contre moi tournée ;
Cette nuit à périr le Roi m'a condamnée ;
Et sans que sa colère en ait dit la raison,
Il m'a donné le choix du fer ou du poison.
J'avais choisi, seigneurs, et ma lèvre fidèle
Se rapprochait déjà de la coupe mortelle ;
Mais contre ce devoir mon cœur s'est endurci,
Quand j'ai su que mon fils allait périr aussi.
J'ai voulu vivre alors ; moins épouse que mère,
J'ai couru vers le camp des soldats de mon père ;
Mes transports leur ont mis les armes à la main,
De ces murs avec eux j'ai repris le chemin ;
Et les Dieux secondant un dessein légitime,
Aux prêtres de Moloch j'ai ravi leur victime.
Un moment j'ai serré dans mes bras éperdus
Ce fils infortuné que je ne verrai plus ;
Puis, de mes pleurs baigné, j'ai remis son enfance
Aux mains des protecteurs armés pour sa défense ;
Avec lui, dans leur camp, ils viennent de rentrer,
Et je sais qu'ils mourront avant de le livrer.
Cette œuvre de salut sans un meurtre accomplie,
Au Roi, qui la proscrit, j'allais offrir ma vie,
Et donner le signal de la soumission
Aux restes impuissants de la sédition.

OXATHRÈS.

O douceur dangereuse ! O feinte sacrilége !
Vous laisserez-vous prendre à l'appât d'un tel piége ?
Ce calme qu'on affecte est-il si convaincant ?
Reine, si tes soldats sont rentrés dans leur camp,
C'est par une raison à n'en point chercher d'autres ;
On leur a dit le nombre et la valeur des nôtres !
Enfin, ils sont en fuite, et ton fils est près d'eux ;
S'ils n'ont rien fait de plus, nous sommes trop heureux.
Plaise au ciel que tu sois innocente et sincère !
Mais je ne te crois pas, sans avoir vu mon frère.

LA REINE.

Je l'attends comme vous.

OXATHRÈS.

                    Pourquoi ne vient-il pas ?
Quel obstacle imprévu peut arrêter ses pas ?
Dort-il ? Non, dans ces murs pleins de feux et de glaives,
Les cris des factieux ont dû troubler ses rêves :
Mais s'il veille, d'où vient qu'il tarde à se montrer ?

Princes, sa chambre est là, je n'ose y pénétrer.
Je crains de découvrir que cette nuit fatale...
Je ne l'accuse pas... Pourquoi deviens-tu pâle ?

LA REINE.

O comble de l'audace ! Abîmes inconnus !

OXATHRÈS.

Tes soldats sont partis comme ils étaient venus,
Amestris ? Tu réponds qu'ils n'ont pas, de leur rage,
Laissé dans ce palais quelque sanglant passage ?
Rends-nous le Roi, rends-moi mon frère infortuné.

LA REINE.

Monstre, je te comprends, tu l'as assassiné !

LE CHEF DES MAGES.

Dieux cléments, écartez ces horribles présages ;
Voici votre Tharès, suivi de plusieurs mages ;
Il va nous éclaircir ce mystère odieux.

<hr>

## SCÈNE VII.

### LES MÊMES, THARÈS, MAGES.

OXATHRÈS.

Ah ! Tharès, viens, accours, le roi ?

THARÈS.

                          Seigneur, les Dieux...
Votre frère...

OXATHRÈS.

          Je sais ce que tu vas me dire.
O mes pressentiments ! Il est mort ?

THARÈS.

                          Il respire.

LA REINE.

Il est sauvé !

OXATHRÈS, à part.

          Démons !

LE CHEF DES MAGES.

                    Alors, explique-toi ;
Pourquoi cet air troublé ? cet accent plein d'effroi ?
Qu'est-il donc arrivé ?

THARÈS.

                    Le songe... un Dieu suprême...

OXATHRÈS.

Mon frère est blessé ?

THARÈS.

                    Non, mais il n'est plus lui-même.

OXATHRÈS.

Que dis-tu ?

THARÈS.

          La révolte a produit dans son cœur
De si grands mouvements de colère et d'horreur ;
Et puis, de Daniel, la menace si claire...

OXATHRÈS.

Que nous fait Daniel ? Parle-moi de mon frère.

THARÈS.

Seigneur, près de ces lieux, nous l'avons rencontré
Seul, le pas chancelant, le regard égaré,
Les habits en désordre et le front sans couronne...
Ses yeux fixés sur nous, n'ont reconnu personne...
Et ses gestes, son air, ses étranges discours,

Tout annonce un esprit détourné de son cours.
Ce rapport surprenant, cette chute soudaine...
LA REINE.
Malheureuse!.. ah! je cours...
LE CHEF DES MAGES.
Demeure... on nous l'amène.

## SCÈNE VIII.

LES PRÉCÉDENTS, LE ROI.
LE ROI.
Où me conduisez-vous? et qu'est-ce que je voi?..
Que d'hommes assemblés! que de regards sur moi!
LE CHEF DES MAGES.
O Roi, tous ces regards où nos âmes sont peintes,
T'expriment notre amour, notre respect, nos craintes.
Un mot te suffira pour calmer cet effroi.
LE ROI.
Pourquoi s'obstine-t-on à m'appeler le Roi?
Je croyais à votre âge, à votre air vénérable,
Que vous seriez touché du sort d'un misérable.
LE CHEF DES MAGES.
Mais ce titre est le tien, tu ne peux l'oublier.
O mon fils, devant toi vois mes genoux plier.   [mage,
Pourrais-je, aux yeux de tous, te rendre un tel hom-
Si des dieux que je sers tu n'étais pas l'image?
LE ROI.
Vous voulez donc ma mort?
LE CHEF DES MAGES.
Peux-tu le soupçonner?
LE ROI.
Aucune trahison ne doit plus m'étonner.
LE CHEF DES MAGES.
Est-ce vouloir ta mort, que te rendre à toi-même
Et te restituer la dignité suprême?
LE ROI.
Qu'importe la tempête à l'herbe des chemins?
Elle ne jette à bas que les cèdres divins.
LE CHEF DES MAGES.
De quel indigne effroi ta grande âme est atteinte!
Mais la sédition est à jamais éteinte;
Les rebelles ont fui, désarmés, repentants;
Ce palais est calmé, tu le vois, tu l'entends?
Dissipe une frayeur que rien ne justifie;
Aucun des conjurés ne menaçait ta vie.
LE ROI:
Quoi, l'un d'eux, noir enfant du désert africain,
Du bout de son poignard n'a pas touché mon sein?
Il ne m'a pas tenu renversé dans la poudre?
LE CHEF DES MAGES.
Exécrable attentat! qui t'a sauvé?
LE ROI.
La foudre!
LE CHEF DES MAGES.
Hélas! à ses discours, comment ajouter foi?
LE ROI.   [fends-toi.
« Tiens, m'a-t-il dit, tiens, prends ce poignard, dé-
« Je devais, dans ton cœur, en enfoncer la lame;
« J'aurai sauvé ton corps, les dieux sauvent ton âme!..

Je l'ai pris...
(Il donne le poignard au chef des Mages.)
LE CHEF DES MAGES.
O d'un crime, indice trop certain!
Ce fer, qui l'avait mis aux mains de l'assassin?
LA REINE.
Regardez Oxathrès.
OXATHRÈS.
Demandez à la Reine.
LE CHEF DES MAGES.
Prête-moi tes clartés, justice souveraine.
LA REINE.
Pontife, ah! poursuivez ce funeste entretien.
OXATHRÈS.
Déterminez mon frère à ne vous cacher rien.
LE CHEF DES MAGES.
Je te comprends; saisi d'un remords légitime,
Le meurtrier lui-même a sauvé sa victime.
T'a-t-il dit quelle main avait armé son bras?
LE ROI.
L'a-t-il dit?... je ne sais... je ne m'en souviens pas.
De ce rêve cruel, je voudrais me distraire.
LE CHEF DES MAGES.
A-t-il nommé la Reine, a-t-il nommé ton frère?
LE ROI.
Qui, mon frère? En ai-je un? Non, ni frère ni fils.
Je suis seul, je suis seul.
LE CHEF DES MAGES.
Rassure tes esprits.
LA REINE.
O Roi, domptez ce trouble et rentrez en vous-même.
Voyez, réfléchissez; car cette heure est suprême.
Cet assassin vers vous par un monstre envoyé,
Ne vous a-t-il pas dit qui l'avait soudoyé?
Il faudrait devant nous le faire comparaître.
Où vous a-t-il quitté? Comment le reconnaître?
Dites, voyez, cherchez, je l'attends sans effroi.
Hélas! un piège horrible est tendu devant moi;
J'en vois tout le péril, et s'il faut que j'y tombe,
Vous et mon fils serez entraînés dans ma tombe!
LE ROI.
Quelle est donc cette femme? Et d'où vient qu'en mes
Une secrète voix répond à ses accents?         [sens
Il me semble dans l'ombre où flotte ma pensée
Retrouver de ses traits quelque image effacée.
Beauté, charme des yeux, miroir souvent trompeur?
D'où vient que son aspect m'attire et me fait peur?
Répondez. Êtes-vous du nombre des mortelles?
Peut-on prendre vos mains, vos larmes mouillent-elles?
Dites-moi votre nom?
LA REINE.
Mon nom, hélas, Seigneur.
LE ROI, la voyant pleurer.
Coulez, baume du ciel, rafraîchissez mon cœur.
OXATHRÈS, se penchant à l'oreille du roi.
Seigneur, veillez sur vous, un démon vous entraîne.
Reconnaissez les traits et la voix de la Reine.
Son arrêt par vous-même avait été dicté;
N'êtes-vous plus certain qu'elle l'a mérité?

Ou s'il faut que la loi pour elle moins sévère
En faveur de son rang pardonne à l'adultère ?

LE ROI.

Que dit-il ?

OXATHRÈS.

    Vos transports s'apaisent promptement.
Faites-vous grâce aussi, Seigneur, à son amant ?
C'est un des prisonniers qu'enferme cette enceinte.
On l'a trouvé caché non loin du Thérébinthe ;
Où vos yeux, délivrés d'un bandeau suborneur,
Ont surpris leur amour et votre déshonneur.

LA REINE.

Son visage s'éclaire et son œil étincelle.

LE ROI.

Hé bien ! que me veux-tu, Sémiramis nouvelle ?
Par quel art de tes jours rallumant le flambeau ;
As-tu pu soulever la pierre du tombeau ?
C'est toi, n'en doutons pas, dont la coupable adresse

A fait naître en mon cœur le trouble qui l'oppresse...
Ma honte est ton ouvrage et tu viens l'observer !
Tremble, je règne encore et vais te le prouver.
*(Il se dirige en chancelant vers son trône. Oxathrès*
*veut le soutenir, il le repousse.)*
Laissez-moi, j'irai seul. — Mages, je vous appelle
A juger une épouse adultère et rebelle...
Mes yeux ont vu son crime, et Tharès que voici
Tharès qui me suivait peut l'attester aussi...
L'heure du rendez-vous, le lieu, l'arbre complice,
Vous saurez tout par lui. Justice, amis...

LES PRINCES ET LES MAGES, *étendant la main vers la*
*Reine.*
                             Justice !...

FIN DU TROISIÈME ACTE.

---

# ACTE QUATRIEME.

### SIX MOIS APRÈS.

Un peristile dans le même palais ; au fond, les jardins.

## SCENE PREMIERE.

### DANIEL, SAPHIRA.

*(Saphira est aux pieds de Daniel.)*

DANIEL.

Lève-toi. C'est assez de souffrance et de honte.
Je vois ton repentir, et Dieu t'en tiendra compte.
Qu'il te juge ; pour moi, moins sévère que lui,
Je ne veux que te plaindre et te prêter appui.
Je comblerai l'abîme où ta faute t'entraîne ;
Mais avant tout, ma sœur, il faut sauver la Reine.
Au désert de Cédar, où j'avais dû marcher,
Le bruit de ses malheurs m'était venu chercher.
On racontait déjà qu'une mort infamante...
Dis-moi par quel miracle elle est encor vivante ;
D'où vient que son arrêt, si longtemps suspendu,
Après plus de six mois, n'est pas encor rendu ?

SAPHIRA.

Laisse-moi quelque temps pour apaiser mon trouble.
Les Mages prétendaient que son crime était double ;
Qu'ayant, dans ce palais, introduit sans effroi
Un esclave chargé d'assassiner le Roi,
Elle devait répondre, à leur justice austère,
D'abord du parricide, et puis de l'adultère.
On a cherché partout cet esclave inconnu ;
Inutile recherche ; il n'a point reparu.
On espérait du moins que l'heure était prochaine
Où la raison du Roi pourrait briser sa chaîne,
Et, libre, répandrait de nouvelles clartés
Sur un événement si plein d'obscurités ;
Mais loin que son esprit se réveille et rayonne,

Chaque instant épaissit la nuit qui l'environne.
Voilà quel intérêt rend les Mages flottants,
Et pourquoi leur sentence a tardé si longtemps.

DANIEL.

O revers !.. ô leçon ! ô Reine infortunée !
Parle : tous ses amis l'ont-ils abandonnée ?

SAPHIRA.

Oui, le bruit de son crime a glacé tous les cœurs.
Même, depuis trois jours, ses derniers défenseurs,
Ces Mèdes généreux, troupe que rien n'étonne,
Sur l'ordre de son père, ont quitté Babylone.

DANIEL.

Ainsi, tout l'accablait ; et toi, pendant ce temps,
Tu gardais en ton sein tant d'aveux importants ?
Quand, pour briser ses fers, un mot pouvait suffire...

SAPHIRA.

Epargne-moi. Je sais ce que tu peux me dire ;
Toi, cœur inaccessible aux erreurs d'ici-bas,
Comprends-tu ma faiblesse et sais-tu mes combats ?
Crois-tu que dès l'abord, de mon malheur instruite,
J'ai deviné le piège où l'on m'avait conduite ?
Sur le sort de la reine, un voile était jeté,
Dont je voulais en vain percer l'obscurité :
On parlait d'un complot, d'une brigue funeste,
D'un rendez-vous nocturne... on ignorait le reste.
Le jour vint, cependant... jour terrible! où j'appris
De quel crime on chargeait l'innocente Amestris.
L'affreuse vérité se montra tout entière,
Et de ses traits vengeurs inonda ma paupière.
Je revins dans ces murs, d'où, par un ordre exprès,
M'avait fait éloigner le perfide Oxathrès.

Je parus devant lui, menaçante, en délire ;
Il comprit sur-le-champ ce que je venais dire.
« Hé bien, oui, me dit-il, tu n'étais dans mes mains
« Que l'aveugle instrument de mes profonds desseins ;
« Oui, je t'ai fait servir à ma gloire, à ma haine,
« Et c'est ton fol amour qui m'a livré la Reine !
« Va dénoncer ta honte et tous mes attentats
« A des juges séduits qui ne te croiront pas ;
« Va ; l'inutile aveu que tu brûles de faire
« Sera le coup de mort pour ton malheureux père ! »
A ce nom je sentis s'apaiser ma fureur ;
Un doute plein d'angoisse éclata dans mon cœur ;
Et sans oser choisir à travers tant d'alarmes,
Je rentrai chez mon père en dévorant mes larmes.
Daniel, c'est alors que je t'ai fait tenir
Le message pressant qui t'a fait revenir ;
J'implorais un conseil de ta bonté suprême ;
Il t'a plu de venir me l'apporter toi-même ;
Oubliant, dans l'ardeur de me prêter secours,
La sentence de mort qui menace tes jours !
Retour fatal ! Depuis que tu t'es mis en route,
Le Seigneur a tiré mon esprit de son doute :
Il a frappé ; je sais ce qu'il attend de moi,
Et je n'ai plus besoin de prendre avis de toi !
Oui, libre de frayeurs, hélas, trop légitimes,
Je suis déterminée à confesser mes crimes ;
Mon père, grâce au Ciel, n'en peut plus être instruit.

DANIEL.

Comment, que veux-tu dire ?

SAPHIRA.

              Il est mort cette nuit.

DANIEL.

Mort !

SAPHIRA.

    J'ai fermé ses yeux.

DANIEL.

           Malheureuse famille.

SAPHIRA.

Et du moins, en mourant il a béni sa fille !

DANIEL.

O ma sœur !

SAPHIRA.

         Tu me plains ? je n'ai plus à souffrir.
Je suis heureuse enfin.

DANIEL.

         Qui, toi ?

SAPHIRA.

            Je peux mourir !

DANIEL.

Tu vivras.

SAPHIRA.

       Que je vive ! Et par quel artifice
Mon frère espère-t-il me sauver du supplice ?
La loi de Babylone et la loi d'Israël
Punissent mes forfaits d'un châtiment mortel ;
Vois-tu, pour m'arracher au sort qu'on me prépare,
Il n'est que le poison...

DANIEL.

      Saphira !

SAPHIRA.

           Je m'égare.

Je souffre tant ! pardonne, ô prophète divin,
A cet emportement bien coupable et bien vain !
Le temps presse ; écartons ces funestes images :
Tu veux sauver la Reine ? Allons trouver les Mages.

DANIEL.

Demeure.

SAPHIRA.

     Qu'est-ce donc ? Qui te retient ici ?

DANIEL.

Je sauverai la Reine en te sauvant aussi,

SAPHIRA.

Mais il faut que ma honte au grand jour se déploie.

DANIEL.

Et moi je ne veux pas qu'Assur ait cette joie,
Que le triste Israël, tant de fois éprouvé,
De cet affront nouveau soit encore abreuvé.
Pourrai-je voir le Roi ?

SAPHIRA.

        Quelle idée est la tienne ?
Penses-tu que le Roi t'écoute, te comprenne ?
Oh ! ciel, que son aspect ajoute à mes remords !
En lui, les maux de l'âme ont épuisé le corps ;
Crains de frapper trop fort sur cette âme affaiblie ;
La moindre émotion peut lui coûter la vie.

DANIEL

O Dieu, si tu permets que les faibles humains
Travaillent dans la poudre aux œuvres de tes mains ;
Si ce Roi, que ton souffle a frappé de démence
Doit, après ta justice, éprouver ta clémence,
Témoignage éclatant de force et de bonté,
Qui te glorifierait durant l'éternité ;
Si sa femme innocente et pourtant condamnée,
Est digne devant toi d'une autre destinée ;
Si tu veux nous sauver enfin du joug cruel
Qu'imposerait son frère aux débris d'Israël ;
Tu connais mon dessein, ô suprême sagesse ;
Jusqu'à le seconder que ta grandeur s'abaisse !

SAPHIRA.

Ce dessein, quel est-il ?

SCÈNE II.

SAPHIRA, DANIEL, BENASSAR.

BENASSAR.

        Quittez-vous sans délais.
Fuis, mon frère, Oxathrès vient d'entrer au palais.

DANIEL.

Rassure-toi. Sais-tu l'objet qui le ramène ?

BENASSAR.

Les Mages ce matin ont condamné la Reine.
Il apporte l'arrêt.

SAPHIRA.

       Ciel ! qu'est-ce que j'entends ?

DANIEL.

Va, nous la sauverons ; il en est encor temps.

BENASSAR.

En proie aux visions dont son âme est remplie,
Le Roi, dans les jardins promenait sa folie ;
Son frère en l'apprenant est allé l'y chercher,
Et déjà, de ces lieux, je les vois approcher ;

Retirez-vous.

SAPHIRA.

Malheur !

DANIEL.

Benassar, de ton zèle,
Je vais te demander une preuve nouvelle.

BENASSAR.

Commande, élu du ciel, et dispose de moi.

DANIEL.

Conduis-nous, tu sauras ce que j'attends de toi.

(Ils sortent.)

SCÈNE III.

LE ROI, OXATHRÈS, THARÈS.

OXATHRÈS, à Tharès.

Oui, je veux achever, je veux qu'aujourd'hui même,
Il m'assure après lui l'autorité suprême.

LE ROI.

Berger, dit le passant, quelle est cette hauteur
Couverte de débris par le temps destructeur ?
Aucune herbe ne croît sur sa livide arène ;
La vipère au front plat s'y déroule et s'y traîne.
Lieu sinistre ! On n'en peut approcher sans effroi.
Passant, dit le berger, c'est le tombeau d'un roi.

OXATHRÈS.

Allons, Seigneur, allons, que votre âme abattue
Cesse de se livrer au poison qui la tue.
Régnez ; je vous disais... l'avez-vous entendu ?
Que l'arrêt d'Amestris était enfin rendu.
Elle le subira dès demain, l'infidèle ;
Livrez-vous au bonheur de vous voir vengé d'elle.

THARÈS, bas à Oxathrès.

Son esprit aujourd'hui semble moins égaré.

OXATHRÈS, bas à Tharès.

Il m'écoute avec calme et je réussirai.

LE ROI.

Quoi, l'arrêt... c'est demain ?.. elle meurt jeune et belle.
Hélas, chacun de nous est condamné comme elle ;
Passagers emportés vers l'abîme ou le port,
La vie est un sursis que nous donne la mort,
Et moi, tout prochain qu'est son supplice, il me semble
Qu'Amestris et le Roi pourront mourir ensemble.

OXATHRÈS.

Ah ! vivez, gouvernez longtemps pour leur bonheur,
Tant d'états rassemblés par votre bras vainqueur.
L'éclat de votre gloire en prévient le partage ;
Mais pour un prince enfant quel pesant héritage !

LE ROI.

Un enfant, dites-vous ? qui pourrait lui donner ?..

OXATHRÈS.

Le fils de votre épouse après vous doit régner.
Les Mages sur ce point n'ont rien voulu conclure ;
Et du trône vous seul avez droit de l'exclure.

LE ROI.

Je ne veux pas qu'il règne et je l'ai déjà dit.

OXATHRÈS.

Otez-lui toute chance en signant cet édit.

LE ROI.

Un édit ?..

OXATHRÈS.

Dans lequel vous déclarez vous-même
A qui doit votre mort laisser le diadème.

LE ROI.

Mais qui choisir ?

OXATHRÈS.

Bélus a plus d'un héritier,
Et son sang avec vous ne meurt pas tout entier.
Oubliez-vous sitôt l'ami, l'ami sincère...

LE ROI.

Un ami ? quel est-il ? parlez...

OXATHRÈS,

C'est votre frère.

(Le roi repousse l'édit sans parler.)

Seigneur, contre ce choix que peut-on alléguer ?

LE ROI.

Laissez-moi, d'un tel soin pourquoi me fatiguer ?

OXATHRÈS.

Pourquoi ? Pour affermir l'œuvre de votre gloire ;
Je vous parle en son nom, ô Roi ; daignez me croire.
A cet état formé de vingt peuples jaloux
Donnez, donnez un chef du même sang que vous.
En secret, chacun d'eux à la révolte aspire
Et n'attend qu'un malheur pour démembrer l'empire,
Prévenez sa ruine.

LE ROI.

Ah ! que vous me troublez !
Chef des Mages, voyons, c'est vous qui me parlez ?

OXATHRÈS.

Oui.

LE ROI.

Que demandez-vous ? Que ma voix vous désigne
Mon successeur ? Hé bien ! la couronne au plus digne !
Les dieux le produiront.

OXATHRÈS.

C'est votre frère ?

LE ROI.

Non !

OXATHRÈS.

Quel mépris sur vos traits se répand à ce nom !?

LE ROI.

Laissez-moi mon secret ; mais s'il faut à la terre
Un souverain, nommez tout autre que mon frère.

OXATHRÈS.

Vous le haïssez donc ?

LE ROI.

Le sceptre des humains
Perdrait tout son prestige à passer dans ses mains.

OXATHRÈS.

N'est-il pas né d'un sang que l'univers adore ?
Du même sang que vous ?

LE ROI.

Mais s'il le déshonore ?

OXATHRÈS.

Comment ?

LE ROI.

Pour affermir les empires nouveaux,

Qu'importe la naissance? il faut être un héros ;
Et lui, lui qui prétend à cette noble tâche,
Pontife, mes soldats l'ont vu fuir ; c'est un lâche !

OXATHRÈS.

Misérable insensé, regarde qui je suis ;
Connais en moi ton maître… et signe.

LE ROI, *tremblant devant le regard et le geste*
*d'Oxathrès.*

J'obéis.

*(Il signe l'édit.)*

OXATHRÈS.

Prends cet édit, Tharès, et que dans Babylone,
On sache dès ce soir tous les droits qu'il me donne.
Amestris est perdue ; entre le trône et moi,
Un fou qui va mourir, est tout ce que je voi !

*(Il se rapproche du roi.)*

Frère, vaincre n'est rien. Le grand art, c'est de feindre.
Tu me méprisais trop pour descendre à me craindre.
Cet orgueil t'a perdu ; j'avançais en rampant,
Et le lion est mort dans les plis du serpent.

*(Il appelle.)*

Gardes !

*(Benassar et deux officiers paraissent.)*
Veillez sur lui.

*(A Tharès.)*

Viens ! Ce jour m'est propice.

*(Il sort avec Tharès.)*

## SCENE IV.

LE ROI, *absorbé,* DEUX OFFICIERS DU PALAIS,
BENASSAR.

PREMIER OFFICIER.

Ils s'éloignent. Allons, reprenons notre office.

DEUXIÈME OFFICIER.

Voilà donc le destin de ce roi triomphant!
Il faut veiller sur lui comme sur un enfant.

PREMIER OFFICIER.

Sur quel objet sa vue est-elle ainsi fixée?

DEUXIÈME OFFICIER.

Le sait-il? Son regard est terne et sans pensée.

PREMIER OFFICIER.

Une telle existence est déjà le trépas
Qu'attend-il pour mourir?

DEUXIÈME OFFICIER.

Je ne le plaindrai pas.
Dans ces guerres sans fin qu'allumait sa furie,
Quel peuple a plus perdu que celui d'Assyrie?

PREMIER OFFICIER.

Combien à le servir avant l'âge ont vieilli !
Quel fruit de leurs travaux auront-ils recueilli?

DEUXIÈME OFFICIER.

Ses dédains. — Le superbe oubliait qui nous sommes.

PREMIER OFFICIER.

Il se croyait un dieu descendu chez les hommes.

DEUXIÈME OFFICIER.

Allons, debout, vainqueur du monde, puissant Roi.

PREMIER OFFICIER.

Debout, dieu fait de chair.

LE ROI.

Que voulez-vous de moi?

DEUXIÈME OFFICIER.

Es-tu lassé de vaincre, ô chef du grand empire?
Ne te reste-t-il pas quelque peuple à détruire?

PREMIER OFFICIER.

Tes prêtres, dieu nouveau, sont-ils obéissant?
Vois-tu sur ton autel, brûler beaucoup d'encens?

LE ROI.

Laissez-moi.

DEUXIÈME OFFICIER.

Tu veux fuir? Quoi gardes-tu l'envie
De finir au désert ta glorieuse vie?

PREMIER OFFICIER.

L'ancienne vision renaît-elle en ton cœur?
Redeviens-tu la brute et moi l'adroit chasseur?

LE ROI.

Pitié ! ma tête brûle et tout mon corps frissonne.

LES DEUX OFFICIERS.

Point de pitié pour toi qui n'en eus pour personne!

BENASSAR.

Compagnons, le malheur est un titre puissant.
Quiconque a bien souffert devient presqu'innocent.
N'insultez pas un fou. Si sa plainte vous lasse,
Laissez-moi près de lui tenir seul votre place.
Qui vous verra sortir? Voici l'obscurité.

PREMIER OFFICIER.

Partons-nous?

DEUXIÈME OFFICIER.

J'y consens.

PREMIER OFFICIER.

Adieu, roi redouté.

DEUXIÈME OFFICIER.

Adieu superbe idole, aux pieds de qui tout plie.
*(Ils sortent. Benassar fait un signe à Daniel qui entre*
*et les voit s'éloigner.)*

DANIEL.

Parole de mon Dieu, vous êtes accomplie !
*(Sur un signe de Daniel, Benassar s'en va après avoir*
*posé une lampe sur un trépied. Le théâtre est fai-*
*blement éclairé.)*

## SCENE V.

LE ROI, DANIEL.

DANIEL.

Troupe d'esprits impurs qui régnez dans son cœur,
Mensonges de l'oubli, visions de la peur,
Vous voyez qui vous parle, et savez qui m'envoie;
Laissez pour un moment respirer votre proie.

*(Il va au Roi.)*

Allons, reviens à toi; prends ma main pour appui,
Prince, autrefois si fier et si faible aujourd'hui.

Ose me regarder; plein d'une sainte flamme
Le rayon de mes yeux éclairera ton âme.
Écoute-moi sans peur : Tout à des soins nouveaux,
Ma voix a des accents qui charmeront tes maux.
LE ROI.
Quelle est donc cette voix dont le son me ranime?
Quel est ce doux regard qui me luit dans l'abîme?
DANIEL.
Celui d'un messager qui vient sur ton chemin,
La pitié dans le cœur et l'olivier en main,
LE ROI.
La pitié ! la pitié ! dans les murs où nous sommes,
Ce mot a disparu du langage des hommes.
Toi dont la douce voix ose encore en parler,
Que viens-tu faire ici ?
DANIEL.
Je viens te consoler.
LE ROI.
Et pourquoi? quel rapport entre nous deux existe?
Dépendrais-tu de moi ? ton sort est-il si triste ?
DANIEL.
Qui marche sur mes pas voit son sort assuré ;
Accepte mon secours et je te sauverai.
LE ROI.
Je cherche où je t'ai vu ; mais cette vague idée...
D'où viens-tu donc?... quel est ton pays ?
DANIEL.
La Judée.
LE ROI.
La Judée !... à ce nom, je frémis malgré moi,
On y révère un Dieu dont j'ai bravé la loi.
C'est un Dieu plus puissant que ceux de Babylone.
Sais-tu comme il punit ?
DANIEL.
Je sais comme il pardonne !
LE ROI.
Implore-le pour moi, jeune homme ; tout me dit
Qu'à ses pieds, ta prière obtiendra du crédit...
Tu méritais pourtant un destin moins contraire.
Qui t'a conduit si loin ?
DANIEL.
L'injustice d'un père !
LE ROI.
Quoi ! n'était-il pas fier d'un fils comme le sien ?
Plût aux Dieux que ma vie eût un pareil soutien !
Que je l'aurais aimé !
DANIEL.
De sa main paternelle,
Lui-même avait signé ma sentence mortelle.
J'ai dû fuir...
LE ROI.
O fureur que je ne comprends pas !
Ton misérable père ordonnait ton trépas?
Le barbare !..
DANIEL.
Connais l'excès de sa misère.
D'un attentat infâme il soupçonnait ma mère.

LE ROI.
Juste ciel !
DANIEL.
Des méchants l'avaient osé flétrir.
Juge s'il est à plaindre et s'il a dû souffrir !
LE ROI.
Sans doute, il a souffert ; c'est une rude épreuve.
Mais réponds-moi ; du crime avait-il une preuve ?
DANIEL.
Il croyait en avoir.
LE ROI.
Quelle était-elle enfin ?
DANIEL.
Il croyait avoir vu, la nuit, dans un jardin...
LE ROI.
La nuit ?
DANIEL.
Sous un ombrage épais et solitaire...
LE ROI.
Sous un arbre ?
DANIEL.
Un esclave aux genoux de ma mère.
LE ROI, *après un silence*
Eh bien ! a-t-il vengé son honneur offensé ?
Le sang des deux amants a-t-il été versé ?
DANIEL.
L'esclave a fui, sauvé par la nuit protectrice.
LE ROI.
A-t-on puni du moins son indigne complice ?
DANIEL.
A la rigueur des lois on a livré son sort.
L'arrêt est prononcé.
LE ROI.
Qu'ordonne-t-il ?
DANIEL.
La mort.
LE ROI.
La mort !
DANIEL.
Protège-nous, bonté toute-puissante !
LE ROI.
L'arrêt est juste.
DANIEL.
Non ! ma mère est innocente.
LE ROI.
C'est ton devoir de fils de vouloir le prouver.
DANIEL.
Et toi, c'est ton devoir de Roi de la sauver !
LE ROI.
La sauver, quand les lois ont saisi leur victime ;
Quand de ses propres yeux ton père a vu son crime !
DANIEL.
Apprends qu'à son insu, d'un voile enveloppé,
De ses yeux prévenus, le rapport l'a trompé !
LE ROI.
Comment, que dis-tu là ? quelle est ton espérance ?
DANIEL.
Une autre de sa femme avait pris l'apparence ;
La distance, la nuit, le trouble de son cœur,
L'adresse d'un perfide ont achevé l'erreur.

LE ROI.

Quel orage imprévu dans ma tête s'élève !
Recueille toi, mon âme, et vois si c'est un rêve.
Que m'as-tu raconté? que ton père... mais non,
C'est mon histoire à moi que tu dis sous son nom !
Une autre !.. Il se pourrait... Providence divine!..
Je m'y perds... Oh! de qui me parlais-tu ?

DANIEL.

       Devine.

LE ROI.

Et comment deviner, cruel, ne vois-tu pas
Que ma faible raison s'égare à chaque pas?
Que de sombres vapeurs ma tête est possédée,
Et mêle à chaque instant le fil de chaque idée?
Je doute, je ne sais si je t'ai bien compris ;
Mais n'es-tu pas venu pour défendre Amestris?
Ah! fût-elle cent fois parjure et criminelle,
Sois béni, sois béni, toi qui m'as parlé d'elle !
Que de fois j'ai voulu, de ma lutte épuisé,
Demander à la voir et ne l'ai pas osé !
Viens. Écoute un secret que l'univers ignore ;
Malgré tous ses forfaits, enfant, je l'aime encore.
Il faut la voir ; il faut, pour suprêmes adieux...
Gardes, qu'Amestris vienne...

DANIEL.

      Elle est devant tes yeux.
*(Il fait quelques pas vers le fond. — On voit paraître
Saphira, vêtue de pourpre et couronnée. — La lune
éclaire les jardins.*

LE ROI.

Ah ! je meurs. Amestris ! ciel !

DANIEL.

      Regarde.

LE ROI.

       O surprise !

DANIEL.

Voilà le Thérébinthe où tu la vis assise.
Ce même désespoir égarait ta raison ;
Ce même astre trompeur montait à l'horizon.

LE ROI.

Esclaves, Oxathrès, courez, qu'on la saisisse !
Qu'on cherche son amant! qu'on hâte leur supplice !

DANIEL.

Demeure et sois plus fort.

LE ROI.

      Qui m'ose retenir ?

DANIEL.

Ne veux-tu pas l'entendre avant de la punir?
Je vais te l'amener.
*(Il va chercher Saphira. — Le Roi voit une épée à un
trophée d'armes et la prend.)*

LE ROI.

    Où suis-je?.. Ah ! l'infidèle !
Frappons !

DANIEL.

    Arrête !
*(Saphira se dévoile.)*

LE ROI.

    Dieux ! ô dieux ! ce n'est pas elle !

DANIEL.

Non ; celle que tu vois, tremblante à tes genoux
Et dont le repentir doit fléchir ton courroux,
Ce n'est pas Amestris; c'est une infortunée,
Que son zèle pour moi dans l'abîme a traînée.
Dans cette triste nuit dont tu te souviens bien,
C'est elle dont tes yeux ont surpris l'entretien ;
Cédant aux noirs conseils d'un monstre d'imposture,
Elle avait de la Reine accepté la parure ;
Sans voir à quel complot elle prêtait secours ;
Sans avoir d'autre but que de sauver mes jours,
Ces voiles, ce bandeau, cette pompe royale
Ont causé de tes yeux la méprise fatale ;
Dieu les éclaire à temps, afin de te montrer
Qu'il sait, comme il lui plaît, punir ou délivrer !

SAPHIRA.

Roi, croyez Daniel; sur tout ce qui vous touche,
La vérité sacrée a parlé par sa bouche.
Moi, que défend en vain sa trop vive amitié,
Je n'implore de vous ni grâce ni pitié.

LE ROI.

Parlez, parlez encore. En frappant mon oreille,
Le son de votre voix me prouve que je veille.
Il semble que par vous chaque mot prononcé
Ote un peu du fardeau dont j'étais oppressé.
Le jour luit à mes yeux et se fait dans ma tête ;
Un calme inespéré succède à la tempête !..
Quoi, c'est toi, Saphira?.. c'est toi que ma fureur...
Oui, je m'explique tout ; je comprends mon erreur ..
Cessez, transports jaloux, douleur toujours croissante ;
Je n'étais point trahi ; la Reine est innocente !

DANIEL.

Et maintenant, préviens...

LE ROI.

    Ah ! point de vains discours !
Tais-toi. Ma joie est folle et veut avoir son cours.
De mon cœur si longtemps troublé par la démence,
Laisse échapper les flots de cette joie immense!
Est-il vrai? Ce bonheur m'est-il encor permis?
Pourrai-je vous revoir, ô ma femme, ô mon fils !
Ah ! par combien de soins, de respects, de tendresse,
D'embrassements joyeux et de pleurs d'allégresse,
Ce cœur, d'où votre nom n'a jamais pu sortir,
Va se dédommager d'avoir cru vous haïr !
Soutenez-moi. Je tremble et mes genoux fléchissent.
Daniel, c'en est fait ; mes forces s'affaiblissent,
Un réveil si rapide... un triomphe si beau,
De mes jours vacillants, ont usé le flambeau.

DANIEL.

Ranime-toi, ma main vient de briser ta chaîne ;
Achève mon ouvrage en délivrant la Reine!
Faut-il te rappeler qu'un jugement affreux...

LE ROI.

Un jugement... c'est vrai... les mages... malheureux !
La Reine... Ils ont osé condamner au supplice...
Mon frère a toléré cette horrible injustice?..

DANIEL.

Ton frère ! mais c'est lui qui pressait leur lenteur.
Du malheur de la Reine il est le seul auteur.

Ses brigues, ses forfaits, son infernale adresse,
Tout, je te dirai tout ; mais suis-moi, le temps presse !
        LE ROI, *chancelant,*    [de coups...
Oui, marchons... quoi, mon frère... il pourrait... tant
Ne vois-tu pas flotter des ombres devant nous ?
        DANIEL.
Chasse de ton esprit ces visions funestes...
        LE ROI.
N'entends-tu pas dans l'air des musiques célestes ?

        DANIEL.
Je n'entends qu'Amestris dont les pleurs vont tarir.
Viens lui rendre la vie.

        (*Ils sortent.*)
        SAPHIRA, *seule.*
        Et moi, je vais mourir !

        FIN DU QUATRIÈME ACTE.

*****************************************************

# ACTE CINQUIÈME.

Une salle dans le Palais.

## SCÈNE PREMIÈRE.

### OXATHRÈS , THARÈS.

        OXATHRÈS.
Nous triomphons, Tharès ; la fortune constante
A servi mes desseins par delà mon attente ;
Mais jamais, devant toi, j'en conviens sans effort,
Navire n'a failli sombrer si près du port.
Daniel, oubliant ma justice sévère,
Avait osé passer jusqu'auprès de mon frère ;
Et, par un stratagème avec art inventé,
Le forcer à toucher du doigt la vérité.
On dit qu'à la raison son âme était rouverte,
Qu'il se levait déjà pour ordonner ma perte...
Réveil tardif ! pour lui, l'effort était trop grand ;
Cette terrible épreuve atteignait un mourant ;
Aussi, sans avoir vu sa vengeance assouvie,
Dans les bras du Prophète il est tombé sans vie.
Parle : avec Daniel en avons-nous fini ?
Cet insolent esclave a-t-il été puni ?
        THARÈS.
Oui, seigneur, son supplice était trop légitime.
Hier au soir, les lions ont reçu leur victime.
Dans leur antre profond mes yeux l'ont vu plonger.
Voici ses derniers mots ; je frémis d'y songer.
Vous-même, songez-y ; je dois vous les redire :
« Vous croyez le roi mort ; apprenez qu'il respire,
« Que Dieu fonde sur lui des desseins éclatants,
« Qu'il le réveillera quand il en sera temps ! »
S'il ne se trompait pas, si par quelque prodige...
        OXATHRÈS.
Mon frère est mort.
        THARÈS.
        Seigneur...
        OXATHRÈS.
        Mon frère est mort, te dis-je.
Les Mages sont venus ; leur savoir est-il vain ?
Ils ont mouillé de pleurs le cadavre divin ;
Je le leur ai livré sur leur demande expresse,
Et c'est au milieu d'eux que le bûcher se dresse.
Ils répondent de tout. Cependant apprends-moi
Si ce Juif a parlé devant d'autres que toi ;
L'affaire est importante, et veut être éclaircie ;
Quelqu'un est-il instruit de cette prophétie ?
        THARÈS.
La mort de Daniel, fiez-vous à mes soins,
Hors vos muets et moi, n'a pas eu de témoins.
Seule, de ses secrets, confidente et complice,
Saphira nous a vu le traîner au supplice.
Mais déjà le poison qu'elle s'était versé
Des ombres de la mort chargeait son front glacé ;
Elle a voulu crier ; sa voix n'a fait entendre
Qu'un murmure confus impossible à comprendre ;
Ses bras sur Daniel s'attachaient vainement ;
Et je crois qu'elle est morte, enfin, en vous nommant.
        OXATHRÈS.
Bien. Saphira, sur toi ta trahison retombe ;
Mon indulgent oubli te suivra dans la tombe.
        (*A Tharès.*)
Entends-tu ces rumeurs ? c'est le bruit et la voix
Du peuple qui s'empresse autour du Roi des rois.
Du sort de son tyran ce vil peuple s'étonne ;
Allons mêler nos pleurs aux pleurs de Babylone,
Et comme aux plus hardis la fortune se vend,
A côté du Roi mort, montrons le roi vivant !
   (*Ils passent dans une autre partie du palais. Le*
*fond du théâtre s'ouvre. On voit un bûcher de bois de*
*cèdre où l'on a dressé un lit de pourpre sur lequel le*
*Roi est couché ; ses armes sont à ses pieds. Les Mages*
*sont rangés à droite du bûcher. Les captifs, le peuple,*
*occupent le reste du théâtre.*)

## SCÈNE II.
### LES MAGES, LE PEUPLE, LES CAPTIFS.
        LE CHEF DES MAGES.
Mages, peuple, guerriers qu'il guidait à la gloire,
Captifs qu'il enchaînait à son char de victoire,
Voici le lit funèbre où nos tremblantes mains
Ont déposé le corps du plus grand des humains.
Son âme, pour entrer dans la vie éternelle,
Du feu gardé par nous n'attend qu'une étincelle ;
Montez donc jusqu'à lui, cantiques gémissants,
Sanglots, hymnes d'adieux, montez avec l'encens.

UNE JEUNE FILLE JUIVE, *à ses compagnes.*
L'entendez-vous, mes sœurs? on impose aux esclaves
Les louanges du bras qui les chargea d'entraves;
Il faut mentir; il faut, à ce maître odieux,
Donner les derniers pleurs qui restaient dans nos yeux.
Trompons la tyrannie, à punir toujours prête;
Elle veut des soupirs; qu'elle soit satisfaite.
Un deuil trop légitime envahit Israël;
Pleurons sur Saphira, la rose du Carmel.

UN MAGE.
Comment est-il tombé, ce conquérant superbe?
Le soleil pâlissait quand son glaive avait lui;
 Il fauchait les rois comme l'herbe;
 L'univers s'est tu devant lui.

LA JEUNE FILLE.
Comment s'est-il frétri, le lys, roi des pelouses?
Calice de parfums, devrais-tu te fermer?
Les fleurs qu'il dominait n'en étaient point jalouses;
 Il était si doux de l'aimer.

LE MAGE.
Arches qui soutenez le jardin des prodiges,
Digues qui, de l'Euphrate, avez dompté l'orgueil,
Disparaissent de vous jusqu'aux derniers vestiges;
Il n'est plus, le héros rayonnant de prestiges
 Qui vous a créés d'un coup-d'œil.

LA JEUNE FILLE.
Pourquoi mourir sitôt, compagne douce et chère;
Crois-tu qu'on dorme bien dans la terre étrangère?
Ton spectre dans la nuit va languir, morne et seul;
Mourrons-nous comme toi par des coups si précoces?
Le lin filé par nous pour nos voiles de noces
 Nous servira-t-il de linceul?

*(A la fin de cette dernière stance, un vieillard,
tenant en main une amphore et un pain, entre en
scène et se dirige vers le palais, à la porte duquel il
est arrêté par les gardes)*

LE CHEF DES MAGES.
Mages, interrompez votre chant funéraire;
Quel est ce vieillard juif, ce vieillard téméraire,
Qui vient, du deuil public, troubler la majesté?
Qu'il approche et qu'il parle avec sincérité.
Tu ne peux ignorer que cette heure est sacrée;
Vieillard, de ce palais pourquoi franchir l'entrée?
As-tu quelque devoir à remplir près du Roi?

LE VIEILLARD.
Puisqu'il faut m'expliquer, Seigneur, écoutez-moi.
Je fais valoir un champ dans la plaine féconde
Où l'Euphrate amoindri voit partager son onde.
Ce matin, les blés murs appelant le faucheur,
Mes enfants sont partis d'abord à la fraîcheur,
Et moi que ralentit la vieillesse funeste,
Je les suivais chargé de ce repas modeste.
Au détour d'un chemin à mes yeux s'est montré
Je ne sais quel jeune homme au regard inspiré;
Les enfants des mortels n'ont point sa noble allure;
Une auréole d'or ceignait sa chevelure;
Son geste était celui d'un envoyé divin:
« Porte à l'élu du Ciel cette amphore et ce pain;
« Daniel, retranché de la nature entière,

« A, parmi les lions, passé la nuit dernière;
« Va le voir dans leur fosse, et qu'il sache aujourd'hui
« Que le Seigneur, son Dieu, pense toujours à lui. »
Il dit et disparaît. Plein d'horreur et de joie,
Je suis venu remplir l'ordre que Dieu m'envoie.
Aux portes du palais on vient de m'arrêter;
Seigneur, de mon devoir, ne puis-je m'acquitter?

LE CHEF DES MAGES.
Mages qui l'entendez, quelle est cette merveille?
J'écoute ce vieillard en doutant si je veille.
Son front calme, son œil sur le mien arrêté
Annoncent la franchise et la simplicité;
Et le récit qu'il fait emporte un tel prodige,
Que la seule pensée en donne le vertige.
Dans quel coupable espoir voudrait-il me tromper?
Mais quel que soit son but, il ne peut m'échapper.
Voyons s'il faut taxer sa bouche d'imposture,
Et suivons jusqu'au bout cette étrange aventure.
 *(A un Mage.)*
Allez; que par vos soins au palais introduit
Jusqu'auprès des lions ce vieillard soit conduit.
Sachez si Daniel en est mort la victime,
Et comme du supplice, informez-vous du crime.

*(Le Mage et le vieillard entrent dans le palais par
une porte latérale. La grande porte s'ouvre. Oxathrès paraît dans tout l'appareil de la puissance royale.
La cour l'accompagne. La Reine arrive par le fond
entourée de soldats).*

---

## SCENE III.

LES MÊMES, OXATHRÈS, LA REINE, SUITE.

LE CHEF DES MAGES.
Au pied de ce bûcher, dressé pour ton époux,
Devant ces murs sacrés où, naguère, à genoux,
Les princes d'Orient t'adressaient leurs hommages,
Viens écouter l'arrêt prononcé par les Mages.
Écoutez, grands et peuple, et jugez après eux.
Ton crime est avéré; des témoins trop nombreux
Ont raconté la nuit, où le roi de la terre,
A surpris le secret de ta flamme adultère;
Par nos antiques lois ton supplice est dicté;
Zoroastre parlait; nous l'avons respecté.
Nulle grâce à ton rang ne peut être accordée;
Veuve d'un demi-dieu, tu mourras lapidée. —
Dès que nos pleurs auront salué l'urne d'or,
Où des cendres du Roi va dormir le trésor,
Ce peuple, secondant la justice éternelle,
Brisera de ses mains ta tête criminelle;
Et de ton corps privé d'honneurs et de tombeaux,
L'Euphrate à l'Océan roulera les lambeaux!

LA REINE.
Que deviendra mon fils?

OXATHRÈS.
    Ma bonté secourable,
Accorde à sa faiblesse un regard favorable;
Pour servir sous mes lois, il sera conservé.
Dans un état obscur, sagement élevé,

Il oubliera bientôt sa splendeur éphémère,
Trop heureux d'oublier jusqu'au nom de sa mère.
                    LA REINE.
Mages, qui m'envoyez à cette horrible mort,
Peuple à qui j'étais chère et dont je plains le sort,
Et toi, cœur généreux, ennemi magnanime,
Qui viens près de sa tombe insulter ta victime,
Loin de vous reprocher le coup que je reçoi,
Je vous remercierais, s'il ne frappait que moi.
Je ne puis regretter ni le jour, ni l'empire ;
Cher époux, te rejoindre est le bien où j'aspire ;
Par d'injustes soupçons séparés ici-bas,
Nous serons réunis au delà du trépas ;
Et puisque de voir tout les morts ont la puissance,
J'irai vers toi sans peur, tu sais mon innocence !
Mais si je meurs, mon fils perd son dernier appui ;
Je ne m'appartiens pas et dois vivre pour lui.
Pontifes de l'erreur, votre arrêt me condamne ;
J'en appelle à celui d'où la justice émane.
Je ne m'adresse plus à vos dieux impuissants
Qui n'ont rien à répondre au cri des innocents :
Simulacres menteurs, que l'oubli vous dévore !
Dieu, que sert Daniel, toi, c'est toi que j'implore.
Tu vois quel sacrifice est près de s'achever,
Un miracle, ô mon Dieu, parais, viens me sauver !
              (On entend gronder le tonnerre.)
                    OXATHRÈS.
Nos Dieux t'ont répondu ; leur équité sévère
Confirme ton arrêt par la voix du tonnerre ;
Et quant à Daniel, le prophète inspiré,
Hier au soir aux lions mes bourreaux l'ont livré.

        (Rumeurs dans le peuple et parmi les Mages.)
Oui, Mages, j'ai vengé vous, vos dieux et mon frère,
En ordonnant la mort de ce Juif téméraire ;
Et toi, Reine, tu vois si son Dieu l'a sauvé ;
Il te préservera comme il l'a préservé !
— Achevons, cependant, sans écouter sa plainte.
Tout est prêt, le bûcher, l'urne, la flamme sainte ;
C'est à moi d'allumer ce bûcher glorieux ;
Brises, soufflez sur lui des quatre points des cieux ;
Et, dispersant après sa cendre vagabonde,
Répandez notre deuil jusqu'aux bornes du monde !
Restes d'un demi-dieu, par la foudre abattu
Souffrez qu'avec respect...
(Il s'approche du bûcher une torche ardente à la
   main. Daniel paraît et la lui arrache.

### SCENE IV.

LES PRÉCÉDENTS, DANIEL, LE VIEILLARD,
              LE MAGE.
                  DANIEL.
              Arrête ! Que fais-tu ?
                  TOUS.
Daniel !
                  LA REINE.
    O prodige !
              LE CHEF DES MAGES.
              O mystère suprême !

Daniel est vivant, quand vous disiez vous-même...
                    OXATHRÈS.
Non, peuple, ce n'est point Daniel que je vois ;
Un démon aura pris son visage et sa voix.
Depuis quand les lions font-ils grâce à leur proie ?
Va, fantôme, retourne à l'enfer qui t'envoie.
                    DANIEL.
Je ne suis pas une ombre, et Dieu m'amène ici.
Veux-tu toucher ma main, Oxathrès ? La voici !
Pourquoi recules-tu ? Cette main que je lève,
De l'ange flamboyant tient-elle donc le glaive ?
L'éclair a-t-il brillé sur mon front soucieux ?
As-tu lu ta sentence écrite dans mes yeux ?
                    OXATHRÈS.
Pontifes, soutenez votre roi qui chancelle.
Misérable Tharès ?...
                    DANIEL.
              Il t'est resté fidèle.
Ne lui reproche rien, et ne cherche, insensé,
Que le doigt de mon Dieu, dans ce qui s'est passé.
Mages, peuple, écoutez, que ce Dieu vous pénètre !
Ecoutez, sa puissance en moi se fait connaître :
Au bord d'un gouffre où l'œil s'égare dans la nuit,
Par de secrets détours, des bourreaux m'ont conduit.
On m'y pousse, et le bloc qui ferme cette tombe
En criant sur ses gonds, derrière moi retombe.
A ce bruit, jusqu'au fond de l'abîme entendu
Des lions réveillés la voix a répondu.
Leurs ongles autour d'eux font voler la poussière ;
Un frisson électrique agite leur crinière ;
Ils se dressent dans l'ombre et, l'œil étincelant,
Prêts à bondir sur moi, mesurent leur élan.
Vous frémissez ? Hé bien, en ce moment funeste
Mon cœur n'a point faibli, peuple, je vous l'atteste !
En face des lions, soutenu par la foi,
J'ai compté sur mon Dieu comme il comptait sur moi,
Et fier de rendre hommage à ce nom qui m'enflamme,
Un hymne d'allégresse a jailli de mon âme !
A ma voix libre et calme, à mon tranquille aspect,
Ces monstres étonnés sont saisis de respect ;
Le Dieu qui d'un regard apaise les orages,
Me donne le pouvoir de dompter leurs courages ;
Il change leur nature, et soumis à sa loi,
Eux devant qui tout tremble ont tremblé devant moi !
Quand le jour a paru sur le front du prophète,
Leurs yeux surpris et doux annonçaient leur défaite ;
Et quand du haut des rocs, pendus sur ma prison,
Ce vieillard s'est penché, balbutiant mon nom ;
Courbant à mes genoux leurs têtes menaçantes,
Ils se laissaient flatter par mes mains caressantes ;
Tandis que vers le Ciel montant avec bonheur,
Ma voix continuait à louer le Seigneur.
              LE MAGE, au chef des mages.
Ton ordre m'a rendu témoin de ce miracle.
              LE VIEILLARD.
Mes yeux l'ont admiré, cet étonnant spectacle.
              LE CHEF DES MAGES.
Oh, des desseins du Ciel étrange profondeur !
              OXATHRÈS, bas à Daniel.
Hé bien, on m'a trompé ; je connais mon erreur.

Aux honneurs les plus grands que ta jeunesse aspire ;
Viens t'asseoir sur mon trône et partager l'empire.

**DANIEL.**

Les palmes que j'attends ne sont pas dans tes mains
Et n'ont jamais fleuri sous les regards humains !
Quel royaume ici-bas pourrait me satisfaire ?
Mes vœux tendent plus haut. Va, maudit, désespère,
Meurs ! c'est l'arrêt du Ciel, c'est le mien… malheureux !
L'ombre de Saphira se dresse entre nous deux !..

**LE CHEF DES MAGES.**

Princes, souffrirons-nous plus longtemps ce scandale ?
Laissons-nous insulter la majesté royale ?

**DANIEL.**

Prêtre de ce soleil que le Verbe a produit,
De tes travaux sacrés voilà donc tout le fruit ?
Ta science frivole aux démons asservie ,
N'a pas su distinguer le trépas de la vie ;
Tu penses dans le Ciel lire notre destin,
Et ne lis pas encor sur le visage humain !
De quel crime effroyable étais-tu le ministre ?
Pourquoi ce deuil ? pourquoi cet appareil sinistre ?
A qui l'as-tu dressé ce bûcher odieux ?
Au roi mort, vas-tu dire ; aveugle, ouvre les yeux !
Non, la mort sur son front n'est pas encore empreinte,
Non, la chaleur en lui n'est pas encore éteinte ;
Cette immobilité n'est qu'un profond sommeil ;
Tu le sais, Oxathrès, j'ai prédit son réveil !
O lois, dont je comprends maintenant la prudence !
Mystérieux chemin qu'a pris la Providence !
Roi, Dieu s'était fait voir dans ta punition ;
Il devait resplendir dans ta rédemption ;
Et donner à ton peuple une marque exemplaire,
Que sa faveur pour toi succède à sa colère.
Entends-moi donc, monarque, et sors de ta prison
Avec toute ta force et toute ta raison ;
Renais pour déclarer d'une voix triomphante
Qu'à tes yeux dessillés la Reine est innocente ;
Que j'en avais la preuve ; et qu'en cet heureux jour,
C'est peu de son honneur, tu lui rends ton amour !
Renais pour épancher sur cet empire immense
Les trésors de la paix, les fruits de la clémence ;
Renais pour te soumettre à mon Dieu qui t'absout ;
L'ancien homme n'est plus ; homme nouveau, debout !

**LE ROI,** *revenant à lui.*

Où suis-je ?

**LA REINE.**

Daniel ! cher époux !

**LE ROI.**

Qui m'appelle ?

Amestris ..

**LA REINE.**

O puissance, ô justice éternelle !

**LE ROI,** *du haut du bûcher.*

Dieu de Jérusalem, ô toi dont le bras fort
Ouvre et ferme à son gré les portes de la mort,
Libre à peine du joug dont j'ai subi l'outrage,
Mon premier mouvement est de te rendre hommage.
Seigneur, toi seul est Dieu ; toi seul est grand et bon.
Ma perte et mon salut sont un hymne à ton nom !

**LA REINE.**

Ah ! qu'il soit reconnu par tout ce qui respire,
Cet adorable Dieu dont la colère expire ;
Comme toi je renais à la vie, au bonheur ;
Puisqu'il te rend le jour, il me rendra l'honneur.

**LE ROI.**

Ton honneur ? et qui donc ose y porter atteinte ?
Qui t'accuse ? voyons, explique-toi sans crainte.
— Attends… La vérité me luit de toutes parts,
Et je rassemble enfin mes souvenirs épars.
O toi, dont j'ai flétri la pureté sacrée,
Mais que dans ma fureur j'ai toujours adorée,
A te justifier je ne descendrai pas ;
Daigne me pardonner et me rouvrir tes bras.
Tu sauras par quel art entraîné dans l'abîme,
Ton malheureux époux a dû croire à ton crime ;
Comment, soumise aux lois d'un génie infernal,
Une esclave avait pris ton vêtement royal ;
Comment un scélérat plein de fourbe et de haine…

*(Appercevant Oxathrès qui se jette à ses pieds.)*

Qu'on ôte de mes yeux ce monstre à face humaine !
Et pour que ma justice égale mes bienfaits,
Pour que son châtiment égale ses forfaits,
Pour venger dignement le ciel et la nature,
Que lui-même aux lions soit livré pour pâture !

*(On emmène Oxathrès.)*

**DANIEL.**

Ici-bas ni là-haut tu n'as plus d'ennemis,
O roi ; vois à tes pieds tes esclaves soumis.

**LE ROI.**

Au Dieu qui m'a puni que chacun rende gloire,
Qu'on proclame partout ma chute et sa victoire ;
Que son peuple affranchi marche l'égal du mien,
Et qu'au lieu de mon nom, l'on adore le sien !

---

Note On a supprimé aux représentations du Théâtre-Français la scène quatrième du quatrième acte. La sortie d'Oxathrès se lie à la rentrée de Daniel par le changement suivant. Au lieu de ce vers :
*Gardes, veillez sur lui ; viens, ce jour n'est propice.*
*Oxathrès dit à Tharès :*
Viens, Tharès, suis mes pas ; notre tâche est remplie.

FIN.